民国文学名家精选集

许地山精选集

齊魯書社

“民国文学名家精选集”丛书（第二辑）

许地山

1940年，许地山全家合影

许地山在学校留影

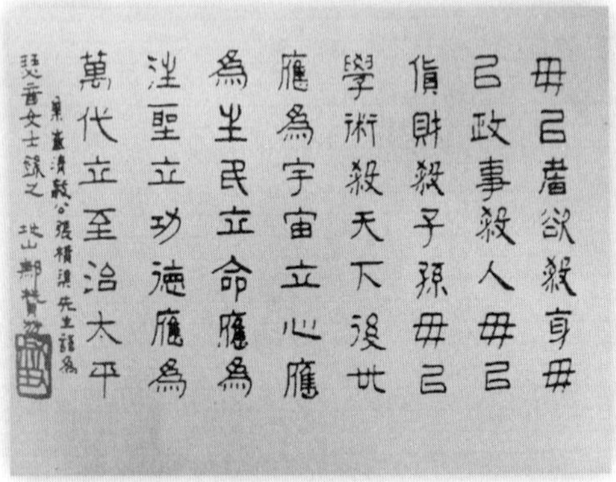
毋㠯耆欲殺身毋
㠯政事殺人毋㠯
貨財殺子孫毋㠯
學術殺天下後世
應為宇宙立心應
為生民立命應為
往聖立功德應為
萬代立至治太平

许地山书法手迹

目 录

辑一　小说

辑二　散文

无法投递之邮件

辑三 讲演 文论

辑一 小说

1933 年，许地山全家合影

命命鸟

敏明坐在席上，手里拿着一本《八大人觉经》，流水似地念着。她的席在东边的窗下，早晨底日光射在她脸上，照得她的身体全然变成黄金的颜色。她不理会日光晒着她，却不歇地抬头去瞧壁上的时计，好像等什么人来似的。

那所屋子是佛教青年会的法轮学校。地上满铺了日本花席，八九张矮小的几子横在两边的窗下。壁上挂的都是释迦应化的事迹，当中悬着一个卍字徽章和一个时计。一进门就知那是佛教的经堂。

敏明那天来得早一点，所以屋里还没有人。她把各样功课念过几遍，瞧壁上的时计正指着六点一刻。她用手挡住眉头，望着窗外低声地说："这时候还不来上学，莫不是还没有起床？"

敏明所等的是一位男同学加陵。他们是七八年的老同学，年纪也是一般大。他们的感情非常的好，就是新来的同学也可以瞧得出来。

"铿铛……铿铛……"一辆电车循着铁轨从北而来，驶到学校门口停了一会。一个十五六岁的美男子从车上跳下来。他的头上包着一条苹果绿的丝巾；上身穿着一件雪白的短褂；下身围着一条紫色的丝裙；脚下踏着一双芒鞋；俨然是一位缅甸的世家子弟。这男子走进院里，脚下的芒鞋拖得拍答拍答地响。那声音传到屋里，好像告诉敏明说：“加陵来了！”

敏明早已瞧见他，等他走近窗下，就含笑对他说：“哼哼，加陵！请你的早安。你来得算早，现在才六点一刻咧。”加陵回答说：“你不要讥诮我，我还以为我是第一早的。”他一面说一面把芒鞋脱掉，放在门边，赤着脚走到敏明跟前坐下。

加陵说：“昨晚上父亲给我说了好些故事，到十二点才让我去睡，所以早晨起得晚一点。你约我早来，到底有什么事？”敏明说：“我要向你辞行。”加陵一听这话，眼睛立刻瞪起来，显出很惊讶的模样，说：“什么？你要往那里去？”敏明红着眼眶回答说：“我的父亲说我年纪大了，书也念够了；过几天可以跟着他专心当戏子去，不必再像从前念几天唱几天那么劳碌。我现在就要退学，后天将要跟他上普朗去。”加陵说：“你愿意跟他去吗？”敏明回答说：“我为什么不愿意？我家以演剧为职业是你所知道的。我父亲虽是一个很有名、很能赚钱的俳优，但这几年间他的身体渐渐软弱起来，手足有点不灵活，所以他愿意我和他一块儿排演。我在这事上很有长处，也乐得顺从他的命令。”

加陵说："那么，我对于你的意思就没有挽回的余地了。"敏明说："请你不必为这事纳闷。我们的离别必不能长久的。仰光是一所大城，我父亲和我必要常在这里演戏。有时到乡村去，也不过三两个星期就回来。这次到普朗去，也是要在那里耽搁八九天。请你放心……"

加陵听得出神，不提防外边早有五六个孩子进来。有一个顽皮的孩子跑到他们的跟前说："请'玫瑰'和'蜜蜂'的早安。"他又笑着对敏明说："玫瑰花里的甘露流出来咧。"——他瞧见敏明脸上有一点泪痕，所以这样说。西边一个孩子接着说："对呀！怪不得蜜蜂舍不得离开她。"加陵起身要追那孩子，被敏明拦住。她说："别和他们胡闹。我们还是说我们的罢。"加陵坐下，敏明就接着说："我想你不久也得转入高等学校，盼望你在念书的时候要忘了我，在休息的时候要纪念我。"加陵说："我决不会把你忘了。你若是过十天不回来，或者我会到普朗去找你。"敏明说："不必如此。我过几天准能回来。"

说的时候，一位三十多岁的教师由南边的门进来。孩子们都起立向他行礼。教师蹲在席上，回头向加陵说："加陵，昙摩蜱和尚叫你早晨和他出去乞食。现在六点半了，你快去罢。"加陵听了这话，立刻走到门边，把芒鞋放在屋角的架上，随手拿了一把油伞就要出门。教师对他说："九点钟就得回来。”加陵答应一声就去了。

加陵回来，敏明已经不在她的席上。加陵心里很是难过，脸上却不露出什么不安的颜色。他坐在席上，仍然念他的书。晌午的时候，那位教师说：“加陵，早晨你走得累了，下午给你半天假。”加陵一面谢过教师，一面检点他的文具，慢慢地走回家去。

加陵回到家里，他父亲婆多瓦底正在屋里嚼槟榔。一见加陵进来，忙把沫红唾出，问道：“下午放假么？”加陵说：“不是，是先生给我的假。因为早晨我跟昙摩蜱和尚出去乞食，先生说我太累，所以给我半天假。”他父亲说：“哦，昙摩蜱在道上曾告诉你什么事情没有？”加陵答道：“他告诉我说，我的毕业期间快到了，他愿意我跟他当和尚去，他又说：这意思已经向父亲提过了。父亲啊，他实在向你提过这话么？”婆多瓦底说：“不错，他曾向我提过。我也很愿意你跟他去。不知道你怎样打算？”加陵说：“我现时有点不愿意。再过十五六年，或者能够从他。我想再入高等学校念书，盼望在其中可以得着一点西洋的学问。”他父亲诧异说：“西洋的学问！啊！我的儿，你想差了。西洋的学问不是好东西，是毒药哟。你若是有了那种学问，你就要藐视佛法了。你试瞧瞧在这里的西洋人，多半是干些杀人的勾当；做些损人利己的买卖，和开些诽谤佛法的学校。

什么圣保罗因斯提丢啦，圣约翰海斯苦尔啦，没有一间不是诽谤佛法的。我说你要求西洋的学问会发生危险就在这里。”加陵说：“诽谤与否，在乎自己，并不在乎外人的煽惑。若是父亲许我入圣约翰海斯苦尔，我准保能持守得住，不会受他们的诱惑。”婆多瓦底说：“我是很爱你的，你要做的事情，若是没有什么妨害，我一定允许你。要记得昨晚上我和你说的话。我一想起当日你叔叔和你的白象主（缅甸王尊号）提婆的事，就不由得我不恨西洋人。我最沉痛的是他们在蛮得勒将白象主掳去；和在瑞大光塔设驻防营。瑞大光塔是我们的圣地，他们竟然叫些行凶的人在那里住，岂不是把我们的戒律打破了吗？……我盼望你不要入他们的学校，还是清清净净去当沙门：一则可以为白象主忏悔；二则可以为你的父母积福；三则为你将来往生极乐的预备。出家能得这几种好处，总比西洋的学问强得多。”加陵说：“出家修行，我也很愿意。但无论如何，现在决不能办。不如一面入学，一面跟着昙摩蜱学些经典。”婆多瓦底知道劝不过来，就说：“你既是决意要入别的学校，我也无可奈何，我很喜欢你跟昙摩蜱学习经典。你毕业后就转入仰光高等学校罢。那学校对于缅甸的风俗比较的保存一点。”加陵说：“那么，我明天就去告诉昙摩蜱和法轮学校的教师。”婆多瓦底说：“也好。今天的天气很清爽，下午你又没有功课，不如在午饭后一块儿到湖里逛逛。你就叫他们开饭罢。”婆多瓦底说完，就进卧房换衣服去了。

原来加陵住的地方离绿绮湖不远。绿绮湖是仰光第一大、第一好底公园。缅甸人叫他做干多支；“绿绮”的名字是英国人替他起的。湖边满是热带植物。那些树木的颜色、形态，都是很美丽，很奇异。湖西远远望见瑞大光，那塔的金色光衬着湖边的椰树、蒲葵，直像王后站在水边，后面有几个宫女持着羽葆随着她一样。此外好的景致，随处都是。不论什么人，一到那里，心中的忧郁立刻消灭。加陵那天和父亲到那里去，能得许多愉快是不消说的。

过了三个月，加陵已经入了仰光高等学校。他在学校里常常思念他最爱的朋友敏明。但敏明自从那天早晨一别，老是没有消息。有一天，加陵回家，一进门仆人就递封信给他。拆开看时，却是敏明的信。加陵才知道敏明早已回来，他等不得见父亲的面，翻身出门，直向敏明家里奔来。

敏明的家还是住在高加因路，那地方是加陵所常到的。女仆玛弥见他推门进来，忙上前迎他说：“加陵君，许久不见啊！我们姑娘前天才回来的。你来得正好，待我进去告诉她。”她说完这话就速速进里边去，大声嚷道：“敏明姑娘，加陵君来找你呢。快下来罢。”加陵在后面慢慢地走，待要踏入厅门，敏明已迎出来。

敏明含笑对加陵说：“谁教你来的呢？这三个月不见你的信，大概因为功课忙的缘故罢？”加陵说：“不错，我已经入了高等学校，每天下午还要到昙摩蜱那里。……唉，好朋友，我就是有工夫，也不能写信给你。因为我抓起笔来，就没了主意，不晓得要写什么才能叫你觉得我的心常常有你在里头。我想你这几个月没有信给我，也许是和我一样地犯了这种毛病。”敏明说：“你猜的不错。你许久不到我屋里了，现在请你和我上去坐一会。”敏明把手搭在加陵的肩脖上，一面吩咐玛弥预备槟榔、淡巴菰和些少细点；一面携着加陵上楼。

敏明的卧室是楼西。加陵进去，瞧见里面的陈设还是和从前差不多。楼板上铺的是土耳其绒毡。窗上垂着两幅很细致的帷子。她的奁具就放在窗边。外头悬着几盆风兰。瑞大光的金光远远地从那里射来。靠北是卧榻，离地约一尺高，上面用上等的丝织物盖住。壁上悬着一幅提婆和率裴雅洛观剧的画片。还有好些绣垫散布在地上。加陵拿一个垫子到窗边，刚要坐下，那女仆已经把各样吃的东西捧上来。“你嚼槟榔啵。”敏明说完这话，随手送了一个槟榔到加陵嘴里，然后靠着她的镜台坐下。

加陵嚼过槟榔，就对敏明说：“你这次回来，技艺必定很长进；何不把你最得意的艺术演奏起来，我好领教一下。”敏明笑说：“哦，你是要瞧我演戏来的。我死也不演给你瞧。”加陵说：“有什么妨碍呢？你还怕我笑你不成？快演罢，完了咱们再谈心。”敏明说：“这几天我父亲刚刚教我一套雀翎舞，打算在涅槃节期到比古演奏，现在先演你瞧罢。我先舞一次，等你瞧熟了，再奏乐和我。这舞蹈的谱可以借用《达撒罗撒》，歌调借用《恩斯民》。这两枝谱，你都会吗？”加陵忙答应说：“都会，都会。”

加陵擅于奏巴打拉（一种竹制的乐器，详见《大清会典图》），他一听见敏明叫他奏乐，就立刻叫玛弥把那种乐搬来。等到敏明舞过一次，他就跟着奏起来。

敏明两手拿住两把孔雀翎，舞得非常的娴熟。加陵所奏的巴打拉也还跟得上，舞过一会，加陵就奏起《恩斯民》的曲调；只听敏明唱道：

孔雀！孔雀！你不必赞我生得俊美；
我也不必嫌你长得丑劣。
咱们是同一个身心，
同一副手脚。
我和你永远同在一个身里住着，
我就是你啊你就是我。

别人把咱们的身体分做两个，

是他们把自己的指头压在眼上，

所以会生出这样的错。

你不要像他们这样的眼光，

要知道我就是你啊，你就是我。

敏明唱完，又舞了一会。加陵说："我今天才知道你的技艺精到这个地步。你所唱的也是很好。且把这歌曲的故事说给我听。"敏明说："这曲倒没有什么故事，不过是平常的恋歌，你能把里头的意思听出来就够了。"加陵说："那么，你这枝曲是为我唱的。我也很愿意对你说：我就是你，你就是我。"

他们二人的感情几年来就渐渐浓厚。这次见面的时候，又受了那么好的感触，所以彼此的心里都承认他们求婚的机会已经成熟。

敏明愿意再帮父亲二三年才嫁，可是她没有向加陵说明。加陵起先以为敏明是一个很信佛法的女子，怕她后来要到尼庵去实行她的独身主义，所以不敢动求婚的念头。现在瞧出她的心志不在那里，他就决意回去要求婆多瓦底的同意，把她娶过来。照缅甸的风俗，子女的婚嫁本没有要求父母同意的必要，加陵很尊重他父亲的意见，所以要履行这种手续。

他们谈了半晌工夫，敏明的父亲宋志从外面进来，抬头瞧见加陵坐在窗边，就说："加陵君，别后平安啊！"加陵忙回答他，转过身来对敏明说："你父亲回来了。"敏明待下去，她父亲已经登楼。他们三人坐过一会，谈了几句客套，加陵就起身告辞。敏明说："你来的时间不短，也该回去了。你且等一等，我把这些舞具收拾清楚，再陪你在街上走几步。"

宋志眼瞧着他们出门，正要到自己屋里歇一歇，恰好玛弥上楼来收拾东西。宋志就对她说："你把那盘槟榔送到我屋里去罢。"玛弥说："这是他们剩下的，已经残了。我再给你拿些新鲜的来。"

玛弥把槟榔送到宋志屋里，见他躺在席上，好像想什么事情似的。宋志一见玛弥进来，就起身对她说："我瞧他们两人实在好得太利害。若是敏明跟了他，我必要吃亏。你有什么好方法教他们二人的爱情冷淡没有？"玛弥说："我又不是蛊师，那有好方法离间他们？我想主人你也不必想什么方法，敏明姑娘必不致于嫁他。因为他们一个是属蛇，一个是属鼠的（缅甸的生肖是算日的。礼拜四生的属鼠，礼拜六生的属蛇）；就算我们肯将姑娘嫁给他，他的父亲也不愿意。"宋志说："你说的虽然有理，但现在生肖相克的话，好些人都不注重了。倒不如请一位蛊师来，请他在二人身上施一点法术更为得计。”

印度支那间，有一种人叫做蛊师，专用符咒替人家制造命运。有时叫没有爱情的男女，忽然发生爱情；有时将如胶似漆的夫妻化为仇敌。操这种职业的人，以暹罗的僧侣最多，且最受人信仰。缅甸人操这种职业的也不少。宋志因为玛弥的话提醒他，第二天早晨他就出门找蛊师去了。

晌午的时候，宋志和蛊师沙龙回来。他让沙龙进自己的卧房。玛弥一见沙龙进来，木鸡似的站在一边。她想到昨天在无意之中说出蛊师，引起宋志今天的实行，实在对不起她的姑娘。她想到这里，就一直上楼去告诉敏明。

敏明正在屋里念书，听见这消息，急和玛弥下来，蹑步到屏后，倾耳听他们的谈话。只听沙龙说："这事很容易办。你可以将她常用的贴身东西拿一两件来，我在那上头画些符、念些咒，然后给回她用，过几天就见功效。”宋志说："恰好这里有她一条常用的领巾，是她昨天回来的时候忘记带上去的。这东西可用吗？”沙龙说："可以的，但是能够得着……”

敏明听到这里已忍不住，一直走进去向父亲说："阿爸，你何必摆弄我呢？我不是你的女儿吗？我和加陵没有什么意？请你放心。”宋志蓦地里瞧见他女儿进来，简直不知道要用什么话对付她。沙龙也停了半晌才说："姑娘，我们不是谈你的事。请你放心。"敏明斥他说："狡猾的人，你的计我已知道了。你快去办你的事罢。"宋志说，"我的儿，你今天疯了吗？你且坐下，我慢慢给你说。"

敏明那里肯依父亲的话，她一味和沙龙吵闹，弄得她父亲和沙龙很没趣。不久，沙龙垂着头走出来；宋志满面怒容蹲在床上吸烟；敏明也忿忿地上楼去了。

敏明那一晚上没有下来和父亲用饭。她想父亲终久会用蛊术离间他们，不由得心里难过。她躺在床上翻来覆去，绣枕早已被她的眼泪湿透了。

第二天早晨，她到镜台梳洗，从镜里瞧见她满面都是鲜红色，——因为绣枕退色，印在她的脸上——不觉笑起来。她把脸上那些印迹洗掉的时候，玛弥已捧一束鲜花、一杯咖啡上来。敏明把花放在一边，一手倚着窗棂，一手拿住茶杯向窗外出神。

她定神瞧着围绕瑞大光的彩云，不理会那塔的金光向她的眼脸射来，她精神因此就十分疲乏。她心里的感想，和目前的光融洽，精神上现出催眠的状态。她自己觉得在瑞大光塔顶站着，听见底下的护塔铃叮叮当当地响。她又瞧见上面那些王侯所献底宝石，个个都发出很美丽的光明。她心里喜欢得很，不歇用手去摩弄，无意中把一颗大红宝石摩掉了。她忙要俯身去捡时，那宝石已经掉在地上。她定神瞧着那空儿，要求那宝石掉下底原故，不觉有一种更美丽的宝光从那里射出来。她心里觉得很奇怪，用手扶着金壁，低下头来要瞧瞧那空儿里头底光景。不提防那壁被她一推，渐渐向后，原来是一扇宝石的门。

那门被敏明推开之后，里面的光直射到她身上。她站在外边，望里一瞧，觉得里头的山水、树木，都是她平生所不曾见过的。她在不知不觉中，已经向前走了几十步。耳边恍惚听见有人对她说：“好啊！你回来啦。”敏明回头一看，觉得那人很熟悉，只是一时不能记出他底名字。她听见“回来”这两字，心里很是纳闷，就向那人说：“我不住在这里，为何说我回来？你是谁？我好像在那里与你会过似的。这是什么地方？”那人笑说：“哈哈！去了这些日子，连自己家乡和平日间往来的朋友也忘了。肉体底障碍真是大哟。”敏明听了这话，简直莫名其妙。又问他说：“我是谁？有那么好福气住在这里。我真是在这里住过吗？”那人回答说：“你是谁？你自己知道。若是说你不曾住过这里，我就领你到处逛一逛，瞧你认得不认得。”

敏明听见那人要领她到处去逛逛，就忙忙答应，但所见底东西，敏明一点也记不清楚，总觉得样样都是新鲜的。那人瞧见敏明那么迷糊，就对她说：“你既然记不清，待我一件一件告诉你。”

敏明和那人走过一座碧玉牌楼。两边底树罗列成行；开着很好看的花。红的、白的、紫的、黄的。各色齐备。树上有些鸟声，唱得很好听。走路时，有些微风慢慢吹来。吹得各色的花瓣纷纷掉下：有些落在人底身上；有些落在地上；有些还在空中飞来飞去。敏明底头上和肩膀上也被花瓣贴满；遍体薰得很香。那人说：“这些花木都是你底老朋友；你常和它们往来。他们的花是长年开放底。”敏明说：“这真是好地方，只是我总记不起来。”

走不多远，忽然听见很好的乐音。敏明说：“谁在那边奏乐？”那人回答说：“那里有人奏乐，这里的声音都是发于自然的。你所听的是前面流水的声音。我们再走几步就可以瞧见。”进前几步果然有些泉水穿林而流。水面净着奇异的花草；还有好些水鸟在那里游泳。敏明只认得些荷花、鸂鶒；其余都不认得。那人很不惮烦，把各样的东西都告诉她。

他们二人走过一道桥，迎面立着一片琉璃墙。敏明说：“这墙真好看，是谁在里面住？”那人说：“这里头是乔答摩宣讲法要底道场。现时正在演说，好些人物都在那里聆听法音。转过这个墙角就是正门。到底时候，我领你进去听一听。”敏明贪恋外面的风景，不愿意进去。她说：“咱们逛会儿再进去罢。”那人说：“你只会听粗陋的声音；看简略的颜色；和闻污劣的香味。那更好的更微妙的，你就不理会了。……好，我再和你走走，瞧你了悟不了悟。”

二人走到墙底尽头，还是穿入树林。他们踏着落花一直进前；树上底鸟声，叫得更好听。敏明抬起头来，忽然瞧见南边的树枝上有一对很美丽的鸟呆立在那里，丝毫的声音也不从他们底嘴里发出。敏明指着问那人说：“只只鸟儿都出声吟唱，为什么那对鸟儿不出声音呢？那是什么鸟？”那人说：“那是命命鸟。为什么不唱，我可不知道。”

敏明听见“命命鸟”三字，心里似乎有点觉悟。她注神瞧着那鸟，猛然对那人说：“那可不是我和我底好朋友加陵么？为何我们都站在那里？”那人说：“是不是，你自己觉得。”敏明抢前几步，看来还是一对呆鸟。她说：“还是一对鸟儿在那里；也许是我底眼花了。”

他们绕了几个弯，当前现出一节小溪把两边的树林隔开。对岸的花草，似乎比这边更新奇。树上底花瓣也是常常掉下来。树下有许多男女：有些躺着底；有些站着底；有些坐着底。各人在那里说说笑笑，都现出很亲密的样子。敏明说：“那边的花瓣落得更妙；人也多一点；我们一同过去逛逛罢。”那人说：“对岸可不能去。那落底叫做情尘；若是望人身上落得多了就不好。”敏明说：“我不怕。你领我过去逛逛罢。”那人见敏明一定要过去，就对她说：“你必要过那边去，我可不能陪你了。你可以自己找一道桥过去。”他说完这话就不见了。敏明回头瞧见那人不在，自己循着水边，打算找一道桥过去。但找来找去总找不着；只得站在这边瞧过去。

她瞧见那些花瓣越落越多，那班男女几乎被葬在底下。有一个男子坐在对岸底水边，身上也是满了落花。一个紫衣底女子走到他跟前说：“我很爱你。你是我底命。我们是命命鸟，除你以外，我没有爱过别人。”那男子回答说：“我对于你底爱情也是如此。我除了你以外不曾爱过别的女人。”紫衣女子听了，向他微笑，就离开他。走不多远，又遇着一位男子站在树下，她又向那男子说：“我很爱你。你是我底命。我们是命命鸟，除你以外，我没有爱过别人。”那男子也回答说：“我对于你底爱情也是如此。我除了你以外不曾爱过别的女人。”

敏明瞧见这个光景，心里因此发生了许多问题，就是：那紫衣女子为什么当面撒谎，和那两位男子底回答为什么不约而同？她回头瞧那坐在水边底男子还在那里，又有一个穿红衣底女子走到他面前，还是对他说紫衣女子所说的话。那男子底回答和从前一样，一个字也不改。敏明再瞧那紫衣女子，还是挨着次序向各个男子说话。她走远了，话语底内容虽然听不见，但她底形容老没有改变。各个男子对她也是显出同样的表情。

敏明瞧见各个女子对于各个男子所说底话都是一样；各个男子底回答也是一字不改；心里正在疑惑，忽然来了一阵狂风把对岸底花瓣刮得干干净净。那班男女立刻变成很凶恶的容貌，互相啮食起来。敏明瞧见这个光景，吓得冷汗直流。她忍不住就大声喝道："嗳呀！你们底感情真是反复无常。"

敏明手里那杯咖啡被这一喝，全都泻在她底裙上。楼下底玛弥听见楼上底喝声，也赶上来。玛弥瞧见敏明周身冷汗，仆在镜台上头，忙上前把她扶起，问道："姑娘你怎样啦？烫着了没有？"敏明醒来，不便对玛弥细说，胡乱答应几句就打发她下去。

敏明细想刚才的异象，抬头再瞧窗外底瑞大光，觉得那塔还是被彩云绕住，越显得十分美丽。她立起来，换过一条绛色的裙子，就坐在她底卧榻上头。她想起在树林里忽然瞧见命命鸟变做她和加陵那回事情，心中好像觉悟他们两个是这边的命命鸟，和对岸自称为命命鸟的不同。她自己笑着说："好在你不在那边。幸亏我不能过去。"

她自经过这一场恐慌，精神上遂起了莫大的变化。对于婚姻另有一番见解；对于加陵底态度更是不像从前。加陵一点也觉不出来，只猜她是不舒服。

自从敏明回来，加陵没有一天不来找她。近日觉得敏明底精神异常，以为自己没有向她求婚，所以不高兴。加陵觉得他自己有好些难解决的问题，不能不对敏明说。第一，是他父亲愿意他去当和尚。第二，纵使准他娶妻，敏明底生肖和他不对，顽固的父亲未必承认。现在瞧见敏明这样，不由得不把衷情吐露出来。

加陵一天早晨来到敏明家里，瞧见她底态度越发冷静，就安慰她说："好朋友，你不必忧心，日子还长呢。我在咱们底事情上头已经有了打算。父亲若是不肯，咱们最终的办法就是'照例逃走'。你这两天是不是为这事生气呢？"敏明说："这倒不值得生气。不过这几晚睡得迟，精神有一点疲倦罢了。"

加陵以为敏明底话是真，就把前日向父亲要求底情形说给她听。他说："好朋友，你瞧我底父亲多么固执。他一意要我去当和尚，我前天向他说些咱们底事，他还要请人来给我说法，你说好笑不好笑？"敏明说："什么法？"加陵说："那天晚上，父亲把昙摩蜱请来。我以为有别的事要和他商量，谁知他叫我到跟前教训一顿。你猜他对我讲什么经呢？好些话我都忘记了。内中有一段是很有趣、很容易记底。我且念给你听：

佛问摩邓曰：“女爱阿难何似？”女言：“我爱阿难眼；爱阿难鼻；爱阿难口；爱阿难耳；爱阿难声音；爱阿难行步。”佛言：“眼中但有泪；鼻中但有洟；口中但有唾；耳中但有垢；身中但有屎尿，臭气不净。”

“昙摩蜱说得天花乱坠，我只是偷笑。因为身体上的污秽，人人都有，那能因着这些小事，就把爱情割断呢？况且这经本来不合对我说；若是对你念，还可以解释得去。”

敏明听了加陵末了那句话，忙问道：“我是摩邓吗？怎样说对我念就可以解释得去？”加陵知道失言，忙回答说：“请你原谅，我说错了。我底意思不是说你是摩邓，是说这本经合于对女人说。”加陵本是要向敏明解嘲，不意反触犯了她。敏明听了那几句经，心里更是明白。他们两人各有各底心事，总没有尽情吐露出来。加陵坐不多会，就告辞回家去了。

涅槃节近啦。敏明底父亲直催她上比古去，加陵知道敏明明日要动身，在那晚上到她家里，为底是要给她送行。但一进门，连人影也没有。转过角门，只见玛弥在她屋里缝衣服。那时候约在八点钟底光景。

加陵问玛弥说：“姑娘呢？”玛弥抬头见是加陵，就陪笑说："姑娘说要去找你，你反来找她。她不曾到你家去吗？她出门已有一点钟工夫了。"加陵说："真的么？"玛弥回了一声："我还骗你不成。"低头还是做她底活计。加陵说："那么，我就回去等她。……你请。"

加陵知道敏明没有别处可去；她一定不会趁瑞大光底热闹。他回到家里，见敏明没来，就想着她一定和女伴到绿绮湖上乘凉。因为那夜底月亮亮得很，敏明和月亮很有缘；每到月圆底时候，她必招几个朋友到那里谈心。

加陵打定主意，就向绿绮湖去。到底时候，觉得湖里静寂得很。这几天是涅槃节期，各庙里都很热闹；绿绮湖底冷月没人来赏玩，是意中底事。加陵从爱德华第七底造像后面上了山坡，瞧见没人在那里，心里就有几分诧异。因为敏明每次必在那里坐，这回不见她，谅是没有来。

他走得很累，就在凳上坐一会。他在月影朦胧中瞧见地下有一件东西；捡起来看时，却是一条蝉翼纱底领巾。那巾底两端都绣一个吉祥海云底徽识，所以他认得是敏明底。

加陵知道敏明还在湖边，把领巾藏在袋里，就抽身去找她。他踏一弯虹桥，转到水边底乐亭，瞧没有人，又折回来。他在山丘上注神一望，瞧见西南边隐隐有个人影，忙上前去，见有几分像敏明。加陵蹑步到野蔷薇垣后面，意思是要吓她。他瞧见敏明好像是找什么东西似的；所以静静伏在那里看她要做什么。

敏明找了半天，随在乐亭傍边摘了一枝优钵昙花，走到湖边，向着瑞大光合掌礼拜。加陵见了，暗想她为什么不到瑞大光膜拜去？于是再蹑足走近湖边底蔷薇垣，那里离敏明礼拜底地方很近。

加陵恐怕再触犯她，所以不敢做声。只听她底祈祷：

> 女弟子敏明，稽首。三世诸佛：我自万劫以来，迷失本来智性；因此堕入轮回，成女人身。现在得蒙大慈，示我三生因果。我今悔悟，誓不再恋天人，致受无量苦楚。愿我今夜得除一切障碍，转生极乐国土。愿勇猛无畏阿弥陀，俯听恳求接引我。南无阿弥陀佛。

加陵听了她这番祈祷，心里很受感动。他没有一点悲痛，竟然从蔷薇垣里跳出来，对着敏明说："好朋友，我听你刚才的祈祷，知道你厌弃这世间，要离开它。我现在也愿意和你同行。"

敏明笑道："你什么时候来底？你要和我同行，莫不你也厌世吗？"加陵说："我不厌世。因为你底原故，我愿意和你同行。我和你分不开。你到那里，我也到那里。"敏明说："不厌世，就不必跟我去。你要记得你父亲愿你做一个转法轮底能手。你现在不必跟我去，以后还有相见底日子。"加陵说："你说不厌世就不必死，这话有些不对。譬如我要到蛮得勒去，不是嫌恶仰光，不过我未到过那城，所以愿意去瞧一瞧。但有些人很厌恶仰光，他巴不得立刻离开才好。现在，你是第二类底人；我是第一类底人。为什么不让我和你同行？"敏明不料加陵会来；更不料他一下就决心要跟从她。现在听他这一番话语，知道他与自己底觉悟虽然不同，但她常感得他们二人是那世界底命命鸟，所以不甚阻止他。到这时，她才把前几天底事告诉加陵。加陵听了，心里非常的喜欢，说："有那么好的地方为何不早告诉我？我一定离不开你了，我们一块儿去罢。"

那时月光更是明亮。树林里萤火无千无万地闪来闪去，好像那世界底人物来赴他们底喜筵一样。

加陵一手搭在敏明底肩上，一手牵着她。快到水边底时候，加陵回过脸来向敏明底唇边啜了一下。他说："好朋友，你不观我一下么？"敏明好像不曾听见，还是直地走。

他们走入水里，好像新婚底男女携手入洞房那般自在，毫无现点畏缩。在月光水影之中，还听见加陵说："咱们是生命底旅客，现在要到那个新世界，实在叫我喜乐得很。"

现在他们去了！月光还是照着他们所走底路；瑞大光

远远送一点鼓乐底声音来；动物园底野兽也都为他们唱很雄壮的欢送歌；惟有那不懂人情底水，不愿意替他们守这旅行底秘密，要找机会把他们底躯壳送回来。

原载1921年1月10日《小说月报》第12卷第1期；选自《缀网劳蛛》，商务印书馆1928年第3版。

缀网劳蛛

“我像蜘蛛，
命运就是我的网。”
我把网结好，
还住在中央。

呀，我的网甚时节受了损伤！
这一坏，教我怎地生长？
生的巨灵说：“补缀补缀罢，
世间没有一个不破的网。”

我再结网时，
要结在玳瑁梁栋，
珠玑帘拢；
或结在断井颓垣，
荒烟蔓草中呢？
生的巨灵按手在我头上说：
“自己选择去罢，
你所在的地方无不兴隆、亨通。”

虽然，我再结的网还是像从前那么脆弱，

敌不过外力冲撞；

我网的形式还要像从前那么整齐——

平行的丝连成八角，十二角的形状吗？

他把“生的万花筒”交给我，说：

“望里看罢，

你爱怎样，就结成怎样。”

呀，万花筒里等等的形状和颜色

仍与从前没有什么差别！

求你再把第二个给我，

我好谨慎地选择。

“咄咄：贪得而无智的小虫！

自而今回溯到濛鸿，

从没有人说过里面有个形式与前相同。

去罢，生的结构都由这几十颗‘彩琉璃屑’幻成

种种，

不必再看第二个生的万花筒。”

那晚上底月色格外明朗，只是不时来些微风把满园的花影移动得不歇地作响。素光从椰叶下来，正射在尚洁和她的客人史夫人身上。她们二人的容貌，在这时候，自然不能认得十分清楚；但是二人对谈的声音却像幽谷的回响，没有一点模糊。

周围的东西都沉默着，像要让她们密谈一般：树上的鸟儿把喙插在翅膀底下；草里的虫儿也不敢做声；就是尚洁身边那只玉狸，也当主人所发的声音为催眠歌，只管鼾鼾地沉睡着。她用纤手抚着玉狸，目光注在她的客人身上，懒懒地说："夺魁嫂子，外间的闲话是听不得的。这事我全不计较——我虽不信定命的说法，然而事情怎样来，我就怎样对付，毋庸在事前预先谋定什么方法。"

她的客人听了这场冷静的话，心里很是着急，说："你对于自己的前程太不注意了！若是一个人没有长久的顾虑，就免不了遇着危险，外人的话虽不足信，可是你得把你的态度显示得明了一点，教人不疑惑你才是。"

尚洁索性把玉狸抱在怀里，低着头，只管摩弄。一会儿，她才冷笑了一声，说："吓吓，夺魁嫂子，你的话差了！危险不是顾虑所能闪避的。后一小时的事情，我们也不敢说准知道，那能顾到三四个月，三两年那么长久呢？你能保我待一会不遇着危险；能保我今夜里睡得平安么？纵使我准知道今晚上会遇着危险，现在的谋虑也未必来得及。我们都在云雾里走，离身二三尺以外，谁还能知道前途的光景呢？《经》里说：‘不要为明日自夸，因为一日要生何事，你尚且不能知道。’这句话，你忘了么？……唉，我们都是从渺茫中来在渺茫中住，望渺茫中去。若是怕在这条云封雾锁的生命路程里走动，莫如止住你的脚步；若是你有漫游的兴趣，纵然前途和四围的光景暧昧，不能使你赏心快意，你也是要走的。横竖是往前走，顾虑什么？

“我们从前的事，也许你和一般侨寓此地的人都不十分知道。我不愿意破坏自己的名誉，也不忍教他出丑。你既是要我把态度显示出来，我就得略把前事说一点给你听，可是要求你暂时守这个秘密。

“论理，我也不是他的……”

史夫人没等她说完，早把身子挺起来，作很惊讶的样子，回头用焦急的声音说：“什么？这又奇怪了！”

“这倒不是怪事，且听我说下去；你听这一点，就知道我的全意思了。我本是人家的童养媳，一向就不曾和人行过婚礼——那就是说，夫妇的名分，在我身上用不着。当时，我并不是爱他，不过要仗着他的帮助，救我脱出残暴的婆家。走到这个地方，依着时势的境遇，使我不能不认他为夫……”

“原来你们的家有这样特别的历史。……那么，你对于长孙先生可以说没有精神的关系，不过是不自然的结合罢了。”

尚洁庄重地回答说：“你的意思是说我们没有爱情么？诚然我从不曾在别人身上用过一点男女的爱情；别人给我的，我也不曾辨别过那是真的，这是假的。夫妇，不过是名义上的事：爱与不爱，只能稍微影响一点精神的生活，和家庭的组织是毫无关系的。

“他怎样想法子要奉承我，凡认识我的人都觉得出来。然而我却没有领他的情，因为他从没有把自己的行为检点一下。他的嗜好多，脾气坏，是你所知道的。我一到会堂去，每听到人家说我是长孙可望的妻子，就非常地惭愧。我常想着从不自爱的人所给底爱情都是假的。”

“我虽然不爱他，然而家里的事，我认为应当替他做的，我也乐意去做。因为家庭是公的，爱情是私的。我们两人的关系，实在就是这样。外人说我和谭先生的事，全是不对的。我的家庭已经成为这样，我又怎能把它破坏呢？”

史夫人说：“我现在才看出你们的真相，我也回去告诉史先生，教他不要多信闲话。我知道你是好人，是一个纯良的女子，神必保佑你。”说着，用手轻轻地拍一拍尚洁底肩脖，就站立起来告辞。

尚洁陪她在花阴底下走着，一面说："我很愿意你把这事的原委单说给史先生知道。至于外间传说我和谭先生有秘密的关系，说我是淫妇，我都不介意。连他也好几天不回来啦。我估量他是为这事生气，可是我并不辩白。世上没有一个人能够把真心拿出来给人家看；纵然能够拿出来，人家也看不明白；那么，我又何必多费唇舌呢？人对于一件事情一存了成见，就不容易把真相观察出来。凡是人都有成见，同一件事，必会生出歧异的评判，这也是难怪的。我不管人家怎样批评我，也不管他怎样疑惑我，我只求自己无愧，对得住天上底星辰和地下底蝼蚁便了。你放心罢，等到事情临到我身上，我自有方法对付。我的意思就是这样，若是有工夫，改天再谈罢。"

她送客人出门，就把玉狸抱到自己房里。那时已经不早，月光从窗户进来，歇在椅桌、枕席之上，把房里的东西染得和铅制的一般。她伸手向床边按了一按铃子，须臾，女佣妥娘就上来。她问："佩荷姑娘睡了么？"妥娘在门边回答说："早就睡了。消夜已预备好了，端上来不？"她说着，顺手把电灯拧着，一时满屋里都着上颜色了。

在灯光之下，才看见尚洁斜倚在床上。流动的眼睛，软润的颔颊，玉葱似的鼻，柳叶似的眉，桃绽似的唇，衬着蓬乱的头发……凡形体上各样的美都凑合在她头上。她的身体，修短也很合度。从她口里发出来的声音，都合音节，就是不懂音乐的人，一听了她的话语，也能得着许多默感。她见妥娘把灯拧亮了，就说："把它拧灭了罢。光太强了，更不舒服。方才我也忘了留史夫人在这里消夜，我不觉得十分饥饿，不必端上来，你们可以自己方便去。把东西收拾清楚，随着给我点一支洋烛上来。"

妥娘遵从她的命令，立刻把灯灭了，接着说："相公今晚上也许又不回来，可以把大门扣上吗？"

"是，我想他永远不回来了。你们吃完，就把门关好，各自歇息去罢，夜很深了。"

尚洁独坐在那间充满月亮的房里，桌上一枝洋烛已燃过三分之二，轻风频拂火焰，眼看那枝发光底小东西要泪尽了。她于是起来，把烛火移到屋角一个窗户前头的小几上。那里有一个软垫，几上搁几本《经》典和祈祷文。她每夜睡前的功课就是跪在那垫上默记三两节经句，或是诵几句祷词。别的事情，也许她会忘记，惟独这圣事是她所不敢忽略的。她跪在那里冥想了许久，睁眼一看，火光已不知道在什么时候从烛台上逃走了。

她立起来，把卧具整理妥当，就躺下睡觉，可是她怎能睡着呢？呀，月亮也循着宾客的礼，不敢相扰，慢慢地辞了她，走到园里和它的花草朋友，木石知交周旋去了！

月亮虽然辞去，她还不转眼地望着窗外的天空，像要诉她心中的秘密一般。她正在床上展来转去，忽听园里“嚁啅”一声，响得很利害。她起来，走到窗边，往外一望，但见一重一重的树影和夜雾把园里盖得非常严密，教她看不见什么。于是她蹑步下楼，唤醒妥娘，命她到园里去察看那怪声的出处。妥娘自己一个人，那里敢出去；她走到门房把团哥叫醒，央他一同到围墙边察一察。团哥也就起来了。

妥娘去不多会，便进来回话。她笑着说：“你猜是什么呢？原来是一个蹇运的窃贼摔倒在我们底墙根。他底腿已摔坏了，脑袋也撞伤了，流得满地都是血，动也动不得了。团哥拿着一枝荆条正在抽他哪。”

尚洁听了，一霎时前所有的恐怖情绪一时尽变为慈祥的心意。她等不得回答妥娘，便跑到墙根。团哥还在那里，“你这该死的东西。……不知利害的坏种。……”一句一鞭，打骂得很高兴。尚洁一到，就止住他，还命他和妥娘把受伤的贼扛到屋里来。她吩咐让他躺在贵妃床上。仆人们都显出不愿意的样子，因为他们想着一个贼人不应该受这么好的待遇。

尚洁看出他们的意思，便说：“一个人走到做贼的地步是最可怜悯的。若是你们不得着好机会，也许……”她说到这里，觉得有点失言，教她的佣人听了不舒服，就改过一句说话："若是你们明白他的境遇，也许会体贴他。我见了一个受伤的人，无论如何，总得救护的。你们常常听见'救苦救难'的话，遇着忧患的时候，有时也会脱口地说出来；为何不从'他是苦难人'那方面体贴他呢？你们不要怕他的血沾脏了那垫子，尽管扶他躺下罢。"团哥只得扶他躺下，口里沉吟地说："我们还得为他请医生去吗？"

"且慢，你把灯移近一点，待我来看一看。救伤的事，我还在行。妥娘，你上楼去把我们那个'常备药箱'捧下来。"又对团哥说："你去倒一盆清水来罢。"

仆人都遵命各自干事去了。那贼虽闭着眼，方才尚洁所说的话，却能听得分明。他心里的感激可使他自忘是个罪人，反觉他是世界里一个最能得人爱惜的青年。这样的待遇，也许就是他生平第一次得着的。他呻吟了一下。用低沉的声音说："慈悲的太太，菩萨保佑慈悲的太太！"

那人的太阳边受了一伤很重，腿部倒不十分厉害。她用药棉蘸水轻轻地把伤处周围的血迹涤净，再用绷带裹好。等到事情做得清楚，天早已亮了。

她正转身要上楼去换衣服，蓦听得外面敲门底声很急，就止步问说："谁这么早就来敲门呢？"

"是警察罢。"

妥娘提起这四个字，教她很着急。她说："谁去告诉警察呢？"那贼躺在贵妃床上，一听见警察要来，恨不能立刻起来跪在地上求恩。但这样的行动已从他那双劳倦的眼睛表白出来了。尚洁跑到他跟前，安慰他说："我没有叫人去报警察……"正说到这里，那从门外来底脚步已经踏进来。

来底并不是警察，却是这家的主人长孙可望。他见尚洁穿着一件睡衣站在那里和一个躺着的男子说话，心里底无明业火已从身上八万四千个毛孔里发射出来。他第一句就问："那人是谁？"

这个问实在教尚洁不容易回答，因为她从不曾问过那受伤者底名字；也不便说他是贼。

"他……他是受伤的人。……"

可望不等说完，便拉住她的手，说："你办的事，我早已知道。我这几天不回来，正要侦察你的动静，今天可给我撞见了。我何尝辜负你呢？……一同上去罢，我们可以慢慢地谈。"不由分说，拉着她就望上跑。

妥娘在旁边，看得情急，就大声嚷着："他是贼！"

"我是贼，我是贼！"那可怜的人也嚷了两声。可望只对着他冷笑，说："我明知道你是贼。不必报名，你且歇一歇罢。"

一到卧房里，可望就说："我且问你，我有什么对你不起的地方？你要入学堂，我便立刻送你去；要到礼拜堂听道，我便特地为你预备车马。现在你有学问了，也入教了，我且问你，学堂教你这样做，教堂教你这样做么？"

他的话意是要诘问她为什么变心，因为他许久就听见人说尚洁嫌他鄙陋不文，要离弃他去嫁给一个姓谭的。夜间的事，他一概不知，他进门一看尚洁底神色，老以为她所做的是一段爱情把戏。在尚洁方面，以为他是不喜欢她这样待遇窃贼。她的慈悲性情是上天所赋的，她也觉得这样办，于自己的信仰和所受的教育没有冲突，就回答说："是的，学堂教我这样做，教会也教我这样做。你敢是……"

"是吗？"可望喝了一声，猛将怀中小刀取出来向尚洁的肩膀上一击。这不幸的妇人立时倒在地上：那玉白的面庞已像渍在胭脂膏里一样。

她不说什么，但用一种沉静的和无抵抗的态度，就足以感动那愚顽的凶手。可望见此情景，心中恐怖的情绪已把凶猛底怒气克服了。他不再有什么动作，只站在一边出神。他看尚洁动也不动一下，估量她是死了；那时，他觉得自己底罪恶压住他，不许再逗留在那里，便溜烟似地往外跑。

妥娘见他跑了，知道楼上必有事故，就赶紧上来，她看尚洁那样子，不由得“啊，天公！”喊了一声，一面上去，要把她搀扶起来。尚洁这时，眼睛略略睁开，像要对她说什么，只是说不出。她指着肩脖示意，妥娘才看见一把小刀插在她肩上。妥娘底手便即酥软，周身发抖，待要扶她，也没有气力了。她含泪对着主妇说：“容我去请医生罢。”

“史……史……”妥娘知道她是要请史夫人来，便回答说：“好，我也去请史夫人来。”她教团哥看门，自己雇一辆车找救星去了。

医生把尚洁扶到床上，慢慢施行手术，赶到史夫人来时，所有的事情都弄清楚啦。医生对史夫人说：“长孙夫人的伤不甚要紧，保养一两个星期便可复元。幸而那刀从肩胛骨外面脱出来，没有伤到肺叶——那两个创口是不要紧的。”

医生辞去以后，史夫人便坐在床沿用法子安慰她。这时，尚洁的精神稍微恢复，就对她的知交说：“我不能多说话，只求你把底下那个受伤的人先送到公医院去，其余的，待我好了再给你说。……唉，我的嫂子，我现在不能离开你，你这几天得和我同在一块儿住。”

史夫人一进门就不明白底下为什么躺着一个受伤的男子。妥娘去时，也没有对她详细地说。她看见尚洁这个样子，又不便往下问。但尚洁的颖悟性从不会被刀所伤，她早明白史夫人猜不透这个闷葫芦，就说："我现在没有气力给你细说，你可以向妥娘打听去。就要速速去办，若是他回来，便要害了他的性命。"

史夫人照她所吩咐的去做，回来，就陪着她在房里，没有回家。那四岁的女孩佩荷更不知道这是怎么一回事，还是啼啼，笑笑，过她的平安日子。

一个星期，两个星期，在她病中默默地过去。她也渐次复元了。她想许久没有到园里去，就央求史夫人扶着她慢慢走出来。她们穿过那晚上谈话的柳荫，来到园边一个小亭下，就歇在那里。她们坐的地方满开了玫瑰，那清静温香的景色委实可以消灭一切忧闷和病害。

"我已忘了我们这里有这么些好花，待一会，可以折几枝带回屋里。"

"你且歇歇，我为你选择几枝罢。"史夫人说时，便起来折花。尚洁见她脚下有一朵很大的花，就指着说，"你看，你脚下有一朵很大、很好看的，为什么不把它摘下？"

史夫人低头一看，用手把花提起来，便叹了一口气。

"怎么啦？"

史夫人说："这花不好。"因为那花只剩地上那一半，还有一边是被虫伤了。她怕说出伤字，要伤尚洁底心，所以这样回答。但尚洁看底，明明是一朵好花，直教递过来给她看。

“夺魁嫂，你说它不好么？我在此中找出道理咧！这花虽然被虫伤了一半，还开得这么好看，可见人的命运也是如此——若不把他的生命完全夺去，虽然不完全，也可以得着生活上一部分的美满，你以为如何呢？”

史夫人知道她连想到自己的事情上头，只回答说：“那是当然的，命运的偃蹇和亨通，于我们的生活没有多大关系。”

谈话之间，妥娘领着史夺魁先生进来。他向尚洁和他的妻子问过好，便坐在她们对面一张凳上。史夫人不管她丈夫要说什么，头一句就问：“事情怎样解决呢？”

史先生说：“我正是为这事情来给长孙夫人一个信。昨天在会堂里有一个很激烈的纷争，因为有些人说可望底举动是长孙夫人迫他做成的，应当剥夺她赴圣筵的权利。我和我奉真牧师在席间极力申辩，终归无效。”他望着尚洁说：“圣筵赴与不赴也不要紧。因为我们的信仰决不能为仪式所束缚；我们的行为，只求对得起良心就算了。”

“因为我没有把那可怜的人交给警察，便责罚我么？”

史先生摇头说：“不，不。现在的问题不在那事上头。前天可望寄一封长信到会里，说到你怎样对他不住，怎样想弃绝他去嫁给别人。他对于你和某人、某人往来的地点、时间都说出来。且说，他不愿意再见你的面，若不与你离婚，他永不回家。信他所说的人很多，我们怎样申辩也挽不过来。我们虽然知道事实不是如此，可是不能找出什么凭据来证明，我现在正要告诉你，若是要到法庭去的话，我可以帮你的忙。这里不像我们祖国，公庭上没有女人说话的地位。况且他的买卖起先都是你拿资本出来，要离异时，照法律，最少总得把财产分一半给你。……像这样的男子，不要他也罢了。”

尚洁说：“那事实现在不必分辩，我早已对嫂子说明了。会里因为信条的缘故，说我的行为不合道理，便禁止我赴圣筵——这是他们所信的，我有什么可说的呢！”她说到末一句，声音便低下了。她的颜色很像为同会的人误解她，和误解道理惋惜。

“唉，同一样道理，为何信仰的人会不一样？”

她听了史先生这话，便兴奋起来，说：“这何必问？你不常听见人说：‘水是一样，牛喝了便成乳汁，蛇喝了便成毒液’吗？我管保我所得能化为乳汁，那能干涉人家所得的变成毒液呢？若是到法庭去的话，倒也不必。我本没有正式和他行过婚礼，自毋须乎在法庭上公布离婚。若说他不愿意再见我的面，我尽可以搬出去。财产是生活的赘瘤，不要也罢，和他争什么？……他赐给我底恩惠已是不少，留着给他……”

“可是你一把财产全部让给他，你立刻就不能生活。还有佩荷呢？”

尚洁沉吟半晌便说：“不妨，我私下也曾积聚些少，只不能支持到一年罢了。但不论如何，我总得自己挣扎。至于佩荷……”她又沉思了一会，才续下去说：“好罢，看他的意思怎样，若是他愿意把那孩子留住，我也不和他争。我自己一个人离开这里就是。”

他们夫妇二人深知道尚洁的性情，知道她很有主意，用不着别人指导。并且她在无论什么事情上头都用一种宗教的精神去安排。她的态度当显出十分冷静和沉毅；做出来的事，有时超乎常人意料之外。

史先生深信她能够解决自己将来的生活，一听了她的话，便不再说什么，只略略把眉头绉了一下而已。史夫人在这两三个星期间，也很为她费了些筹画。他们有一所别业在土华地方，早就想教尚洁到那里去养病，到现在她才开口说：“尚洁妹子，我知道你一定有更好的主意，不过你的身体还不甚复原，不能立刻出去做什么事情，何不到我们的别庄里静养一下，过几个月再行打算？”史先生接着对他妻子说：“这也好。只怕路途远一点，由海船去，最快也得两天才可以到。但我们都是惯于出门的人，海涛的颠播当然不能制服我们，若是要去的话，你可以陪着去，省得寂寞了长孙夫人。”

尚洁也想找一个静养的地方，不意他们夫妇那么仗义，所以不待踌躇便应许了。她不愿意为自己的缘故教别人麻烦，因此不让史夫人跟着前去。她说：“寂寞的生活是我尝惯的。史嫂子在家里也有许多当办的事情，哪里能够和我同行？还是我自己去好一点。我很感谢你们二位的高谊，要怎样表示我的谢忱，我却不懂得；就是懂，也不能表示得万分之一。我只说一声‘感激莫名’便了。史先生，烦你再去问他要怎样处置佩荷，等这事弄清楚，我便要动身。”她说着，就从方才摘下的玫瑰中间选出一朵好看的递给史先生，教他插在胸前底钮门上。不久，史先生也就起立告辞，替她办交涉去了。

土华在马来半岛底西岸，地方虽然不大，风景倒还幽致。那海里出的珠宝不少，所以住在那里的多半是搜宝之客。尚洁住的地方就在海边一丛棕林里。在她的门外，不时看见采珠的船往来于金的塔尖和银的浪头之间。这采珠的工夫赐给她许多教训。因为她这几个月来常想着人生就同入海采珠一样；整天冒险入海里去，要得着多少，得着什么，采珠者一点把握也没有。但是这个感想决不会妨害她的生命。她见那些人每天迷朦朦地搜求，不久就理会她在世间的历程也和采珠的工作一样。要得着多少，得着什么，虽然不在她的权能之下，可是她每天总得入海一遭，因为她的本分就是如此。

她对于前途不但没有一点灰心，且要更加奋勉。可望虽是剥夺她们母女的关系，不许佩荷跟着她，然而她仍不忍弃掉她的责任，每月要托人暗地里把吃的用的送到故家去给她女儿。

她现在已变主妇的地位为一个珠商底记室了。住在那里的人，都说她是人家的弃妇，就看轻她，所以她所交游的都是珠船里的工人。那班没有思想的男子在休息的时候，便因着她的姿色争来找她开心。但她的威仪常是调伏这班人的邪念，教他们转过心来承认她是他们的师保。

她一连三年，除干她的正事以外，就是教她那班朋友说几句英吉利语，念些少经文，知道些少常识。在她的团体里，使令，供养，无不如意。若说过快活日子，能像她这样，也就不劣了。

虽然如此，她还是有缺陷的。社会地位，没有她的分；家庭生活，也没有她的分；我们想想，她心里到底有什么感觉？前一项，于她是不甚重要的；后一项，可就缭乱她的衷肠了！史夫人虽常寄信给她，然而她不见信则已，一见了信，那种说不出来的伤感就加增千百倍。

她一想起她的家庭，每要在树林里徘徊，树上的蛁蟧要幻成她女儿底声音对她说："母思儿耶？母思儿耶？"这本不是奇迹，因为发声者无情，听音者有意，她不但对于那些小虫的声音是这样，即如一切的声音和颜色，偶一触着她的感官，便幻成她的家庭了。

她坐在林下，遥望着无涯的波浪，一度一度地掀到岸边，常觉得她的女儿踏着浪花踊跃而来，这也不止一次了。那天，她又坐在那里，手拿着一张佩荷的小照，那是史夫人最近给她寄来的。她翻来翻去地看，看得眼昏了。她猛一抬头，又得着当时所现的异象。她看见一个人携着她的女儿从海边上来，穿过林樾，一直走到跟前。那人说："长孙夫人，许久不见，贵体康健啊！我领你的女儿来找你哪。"

尚洁此时，展一展眼睛，才理会果然是史先生携着佩荷找她来。她不等回答史先生的话，便上前用力搂住佩荷；她的哭声从她爱心的深密处殷雷似地震发出来。佩荷因为不认得她，害怕起来，也放声哭了一场。史先生不知道感触了什么，也在旁边只尽管擦眼泪。

这三种不同情绪的哭泣止了以后，尚洁就呜咽地问史先生说："我实在喜欢。想不到你会来探望我，更想不到佩荷也能来！……"她要问的话很多，一时摸不着头绪。只搂定佩荷，眼看着史先生出神。

史先生很庄重地说："夫人，我给你报好消息来了。"

"好消息！"

"你且镇定一下，等我细细地告诉你。我们一得着这消息，我的妻子就教我和佩荷一同来找你。这奇事，我们以前都不知道，到前十几天才听见我奉真牧师说的。我牧师自那年为你底事卸职后，他的生活，你已经知道了。"

"是，我知道。他不是白天做裁缝匠，晚间还做制饼师吗？我信得过，神必要帮助他，因为神的儿子说：'为义受逼迫的人是有福的。'他的事业还顺利吗？"

"倒没有什么过不去的地方。他不但日夜劳动，在合宜的时候，还到处去传福音哪。他现在不用这样地吃苦，因为他底老教会看他的行为，请他回国仍旧当牧师去，在前一个星期已经动身了。"

"是吗！谢谢神！他必不能长久地受苦。"

"就是因为我牧师回国的事，我才能到这里来。你知道长孙先生也受了他的感化么？这事详细地说起来，倒是一种神迹。我现在来，也是为告诉你这件事。"

"前几天，长孙先生忽然到我家里找我。他一向就和我们很生疏，好几年也不过访一次，所以这次的来，教我们很诧异。他第一句就问你的近况如何，且诉说他的懊悔。

他说这反悔是忽然的，是我牧师惊醒他的。现在我就将他的话，照样地说一遍给你听——

"'在这两三年间，我牧师常来找我谈话，有时也请我到他的面包房里去听他讲道。我和他来往那么些次，就觉得他是我的好师傅。我每有难决的事情或疑虑的问题，都去请教他。我自前年生事，二人分离以后，每疑惑尚洁官的操守，又常听见家里佣人思念她的话，心里就十分懊悔。但我总想着，男人说话将军箭，事已做出，那里还有脸皮收回来？本是打算给他一个错到底的。然而日子越久，我就越觉得不对。到我牧师要走，最末次命我去领教训的时候，讲了一个章经，教我很受感动。散会后，他对我说，他盼望我做的是请尚洁官回来。他又念《马可福音》十章给我听，我自得着那教训以后，越觉得我很卑鄙、凶残、淫秽，很对不住她。现在要求你先把佩荷带去见她，盼望她为女儿的缘故赦免我。你们可以先走，我随后也要亲自前往。'

"他说懊悔底话很多，我也不能细说了。等他来时，容他自己对你细说罢。我很奇怪我牧师对于这事，以前一点也没有对我说过，到要走时，才略提一提；反教他来到我那里去，这不是神迹吗？"

尚洁听了这一席话，却没有显出特别愉悦的神色，只说："我的行为本不求人知道，也不是为要得人家的怜恤和赞美；人家怎样待我，我就怎样受，从来是不计较的。别人伤害我，我还饶恕，何况是他呢？他知道自己的卤莽，是一件极可喜的事。——你愿意到我屋里去看一看吗？我们一同走走罢。"

他们一面走，一面谈。史先生问起她在这里的事业如何，她不愿意把所经历的种种苦处尽说出来，只说："我来这里，几年的工夫也不算浪费，因为我已找着了许多失掉底珠子了！那些灵性的珠子，自然不如入海去探求那么容易，然而我竟能得着二三十颗！此外，没有什么可以告诉你。"

尚洁把她的事情结束停当，等可望不来，打算要和史先生一同回去。正要到珠船里和她的朋友们告辞，在路上就遇见可望跟着一个本地人从对面来。她认得是可望，就堆着笑容，抢前几步去迎他，说："可望舍，平安哪！"可望一见她，也就深深地行了一个敬礼，说："可敬的妇人，我所做的一切事都是伤害我的身体，和你我二人的感情，此后我再不敢了。我知道我多多地得罪你，实在不配再见你的面，盼望你不要把我的过失记在心中。今天来到这里，为的是要表明我悔改的行为；还要请你回去管理一切所有的。你现在要到那里去呢？我想你可以和史先生先行动身，我随后回来。”

尚洁见他那番诚恳的态度，比起从前，简直是两个人，心里自然满是愉快，且暗自谢她的神在他身上所显的奇迹。她说：“呀！往事如梦中之烟，早已在虚幻里消散了，何必重新提起呢？凡人都不可积聚日间的怨恨、怒气和一切伤心的事到夜里，何况是隔了好几年的事？请你把那些事情搁在脑后罢。我本想到船里去，向我那班同工的人辞行。你怎样不和我们一起回去，还有别的事情要办么？史先生现时在他的别业——就是我住的地方——我们一同到那里去罢，待一会，再出来辞行。”

“不必，不必。你可以去你的，我自己去找他就可以。因为我还有些正当的事情要办。恐怕不能和你们一同回去；什么事，以后我才教你知道。”

“那么，你教这土人领你去罢，从这里走不远就是。我先到船里，回头再和你细谈。再见哪！”

她从土华回来，先住在史先生家里，意思是要等可望来到，一同搬回她的旧房子去。谁知等了好几天，也不见他的影。她才知道可望在土华时，所说的话意有所含蓄。可是他到哪里去呢？去干什么呢？她正想着，史先生拿了一封信进来，对她说：“夫人，你不必等可望了，明后天就搬回去罢。他寄给我这一封信说，他有许多对不起你的地方，都是出于激烈的爱情所致，因他爱你的缘故，所以伤了你。现在他要把从前邪恶的行为和暴躁的脾气改过来，且要偿还你这几年来所受的苦楚，故不得不暂时离开你。他已经到槟榔屿了。他不直接写信给你的缘故，是怕你伤心，故此写给我，教我好安慰你；他还说从前一切的产业都是你的，他不应独自霸占了许久，要求你尽量地享用，直等到他回来。”

“这样看来，不如你先搬回去，我这里派人去找他回来如何？唉，想不到他一会儿就能悔改到这步田地！”

她遇事本来很沉静，史先生说时，她的颜色从不曾显出什么变态，只说：“为爱情么？为爱而离开我么？这是当然的，爱情本如极利的斧子，用来剥削命运常比用来整理命运的时候多一些。他既然规定他自己的行程，又何必费工夫去寻找他呢？我是没有成见的，事情怎样来，我怎样对付就是。”

尚洁搬回来那天，可巧下了一点雨，好像上天使园里的花木特地沐浴得很妍净来迎接他们的旧主人一样。她进门时，妥娘正在整理厅堂，一见她来，便嚷着：“奶奶，你回来了！我们很想念你哪！你的房间乱得很，等我把各样东西安排好再上去。先到花园去看看罢，你手植各样的花木都长大了。后面那棵释迦头长得像罗伞一样，结果也不少，去看看罢。史夫人早和佩荷姑娘来了，她们现时也在园里。”

她和妥娘说了几句话，便到园里。一拐弯，就看见史夫人和佩荷坐在树荫底下一张凳上，——那就是几年前，她要被刺那夜，和史夫人坐着谈话的地方。她走来，又和史夫人并肩坐在那里。史夫人说来说去，无非是安慰她的话。她像不信自己这样的命运不甚好，也不信史夫人用定命论的解释来安慰她，就可以使她满足。然而她一时不能说出合宜的话，教史夫人明白她心中毫无忧郁在内。她无意中一抬头，看见佩荷拿着树枝把结在玫瑰花上一个蜘蛛网撩破了一大部分。她注神许久，就想出一个意思来。

她说：“呀，我给这个比喻，你就明白我的意思。”

“我像蜘蛛，命运就是我的网。蜘蛛把一切有毒无毒的昆虫吃入肚里，回头把网组织起来。它第一次放出来的游丝，不晓得要被风吹到多么远，可是等到黏着别的东西的时候，他的网便成了。

“他不晓得那网什么时候会破，和怎样破法。一旦破了，他还暂时安安然然地藏起来；等有机会再结一个好的。

“他的破网留在树梢上，还不失为一个网。太阳从上头照下来，把各条细丝映成七色；有时黏上些少水珠，更显得灿烂可爱。

“人和他的命运，又何尝不是这样？所有的网都是自己组织得来，或完或缺，只能听其自然罢了。”

史夫人还要说时，妥娘来说屋子已收拾好了，请她们进去看看。于是，她们一面谈，一面离开那里。

园里没人，寂静了许久。方才那只蜘蛛悄悄地从叶底出来，向着网的破裂处，一步一步，慢慢补缀。他补这个干什么？因为他是蜘蛛，不得不如此！

原载1922年2月10日《小说月报》第13卷第2期；选自《缀网劳蛛》，商务印书馆1928年第3版。

春桃

这年底夏天分外地热。街上底灯虽然亮了，胡同口那卖酸梅汤底还像唱梨花鼓底姑娘耍着他底铜碗。一个背着一大篓字纸底妇人从他面前走过，在破草帽底下虽看不清她底脸，当她与卖酸梅汤底打招呼时，却可以理会她有满口雪白的牙齿。她背上担负得很重，甚至不能把腰挺直，只如骆驼一样，庄严地一步一步踱到自己门口。

进门是个小院，妇人住底是塌剩下底两间厢房。院子一大部分是瓦砾。在她底门前种着一棚黄瓜，几行玉米。窗下还有十几棵晚香玉。几根朽坏的梁木横在瓜棚底下，大概是她家最高贵的坐处。她一到门前，屋里出来一个男子，忙帮着她卸下背上底重负。

“媳妇，今儿回来晚了。”

妇人望着他，像很诧异他底话。“什么意思？你想媳妇想疯啦？别叫我媳妇，我说。”她一面走进屋里，把破草帽脱下，顺手挂在门后，从水缸边取了一个小竹筒向缸里一连舀了好几次，喝得换不过气来，张了一会嘴，到瓜棚底下把篓子拖到一边，便自坐在朽梁上。

那男子名叫刘向高。妇人底年纪也和他差不多，在三十左右，娘家也姓刘。除掉向高以外，没人知道她底名字叫做春桃。街坊叫她做捡烂纸底刘大姑，因为她底职业是整天在街头巷尾垃圾堆里讨生活，有时沿途嚷着“烂字纸换取灯儿”。一天到晚在烈日冷风里吃尘土，可是生来爱干净，无论冬夏，每天回家，她总得净身洗脸。替她预备水底照例是向高。

向高是个乡间高小毕业生，四年前，乡里闹兵灾，全家逃散了，在道上遇见同是逃难底春桃，一同走了几百里，彼此又分开了。

她随着人到北京来，因为总布胡同里一个西洋妇人要雇一个没混过事底乡下姑娘当“阿妈”，她便被荐去上工。主妇见她长得清秀，很喜爱她。她见主人老是吃牛肉，在馒头上涂牛油，喝茶还要加牛奶，来去鼓着一阵膻味，闻不惯。有一天，主人叫她带孩子到三贝子花园去，她理会主人家底气味有点像从虎狼栏里发出来底，心里越发难过，不到两个月，便辞了工。到平常人家去，乡下人不惯当差，又挨不得骂，上工不久，又不干了。在穷途上，她自己选了这捡烂纸换取灯儿底职业，一天底生活，勉强可以维持下去。

向高与春桃分别后底历史倒很简单，他到涿州去，找不着亲人，有一两个世交，听他说是逃离来底，都不很愿意留他住下，不得已又流到北京来。由别人底介绍，他认识胡同口那卖酸梅汤底老吴，老吴借他现在住底破院子住，说明有人来赁，他得另找地方。他没事做，只帮着老吴算算账，卖卖货。他白住房子白做活，只赚两顿吃。春桃底捡纸生活渐次发达了，原住底地方，人家不许她堆货，她便沿着德胜门墙根来找住处。一敲门，正是认识底刘向高。她不用经过许多手续，便向老吴赁下这房子，也留向高住下，帮她底忙。这都是三年前底事了。他认得几个字，在春桃捡来和换来底字纸里，也会抽出些少比较能卖钱底东西，如画片或某将军、某总长写底对联信札之类。二人合作，事业更有进步。向高有时也教她认几个字，但没有什么功效，因为他自己认得底也不算多，解字就更难了。

他们同居这些年，生活状态，若不配说像鸳鸯，便说像一对小家雀罢。

言归正传。春桃进屋里，向高已提着一桶水在她后面跟着走。他用快活底声调说："媳妇，快洗罢，我等饿了。今晚咱们吃点好的。烙葱花饼，赞成不赞成？若赞成，我就买葱酱去。"

"媳妇，媳妇，别这样叫，成不成？"春桃不耐烦地说。

"你答应我一声，明儿到天桥给你买一顶好帽子去。你不说帽子该换了么？"向高再要求。

"我不爱听。"

他知道妇人有点不高兴了，便转口问："到底吃什么？说呀。"

"你爱吃什么，做什么给你吃。买去罢。"

向高买了几根葱和一碗麻酱回来，放在明间底桌上。春桃擦过澡出来，手里拿着一张红帖子。

"这又是那一位王爷底龙凤帖！这次可别再给小市那老李了。托人拿到北京饭店去，可以多卖些钱。"

"那是咱们底。要不然，你就成了我底媳妇啦？教了你一两年底字，连自己底姓名都认不得！"

"谁认得这么些字？别媳妇媳妇底，我不爱听。这是谁写底？"

"我填底。早晨巡警来查户口，说这两天加紧戒严，那家有多少人，都得照实报。老吴教我们把咱们写成两口子，省得麻烦。巡警也说写同居人，一男一女，不妥当。我便把上次没卖掉底那份空帖子填上了。我填底是辛未年咱们办喜事。"

"什么？辛未年？辛未年我那儿认得你？你别捣乱啦。咱们没拜过天地，没喝过交杯酒，不算两口子。"

春桃有点不愿意，可还和平地说出来。她换了一条蓝布裤。上身是白的，脸上虽没脂粉，却呈露着天然的秀丽。

若她肯嫁底话，按媒人底行情，说是二十三四底小寡妇，最少还可以值得一百八十底。

她笑着把那礼帖搓成一长条，说："别捣乱！什么龙凤帖？烙饼吃了罢。"她掀起炉盖把纸条放进火里，随即到桌边和面。

向高说："烧就烧罢，反正巡警已经记上咱们是两口子，若是官府查起来，我不会说龙凤帖在逃难时候丢掉底么？从今儿起，我可要叫你做媳妇了。老吴承认，巡警也承认，你不愿意，我也要叫。媳妇嗳！媳妇嗳！明天给你买帽子去，戒指我打不起。"

"你再这样叫，我可要恼了。"

"看来，你还想着那李茂。"向高底神气没像方才那么高兴。他自己说着，也不一定要春桃听见，但她已听见了。

"我想他？一夜夫妻，分散了四五年没信，可不是白想？"春桃这样说。她曾对向高说过她出阁那天底情形。花轿进了门，客人还没坐席，前头两个村子来人说，大队兵已经到了，四处拉人挖战壕，吓得大家都逃了，新夫妇也赶紧收拾东西，随着大众望西逃。同走了一天一宿。第二宿，前面连嚷几声"胡子来了，快躲罢"，那时大家只顾躲，谁也顾不了谁。到天亮时，不见了十几个人，连她丈夫李茂也在里头。她继续方才底话说："我想他一定跟着胡子走了，也许早被人打死了。得啦，别提他啦。”

她把饼烙好了，端到桌上。向高向沙锅里舀了一碗黄瓜汤，大家没言语，吃了一顿。吃完，照例在瓜棚底下坐坐谈谈。一点点的星光在瓜叶当中闪着。凉风把萤火送到棚上，像星掉下来一般。晚香玉也渐次散出香气来，压住四围底臭味。

“好香的晚香玉！”向高摘了一朵，插在春桃底鬓上。

“别糟蹋我底晚香玉。晚上戴花，又不是窑姐儿。”她取下来，闻了一闻，便放在朽梁上头。

“怎么今儿回来晚啦？”向高问。

“吓！今儿做了一批好买卖！我下午正要回家，经过后门，瞧见清道夫推着一大车烂纸，问他从那儿推来底。他说是从神武门甩出来底废纸。我见里面红的黄的一大堆，便问他卖不卖，他说，你要，少算一点装去罢。你瞧，”她指着窗下那大篓，“我花了一块钱，买那一大篓！赔不赔，可不晓得，明儿检一检得啦。”

“宫里出来底东西没个错。我就怕学堂和洋行出来底东西，分量又重，气味又坏，值钱不值，一点也没准。”

“近年来，街上包东西都作兴用洋报纸。不晓得那里来底那么些看洋报纸底人。检起来真是分量又重，又卖不出多少钱。”

“念洋书底人越多，谁都想看看洋报，将来好混混洋事。”

“他们混洋事，咱们检洋字纸。”

“往后恐怕什么都要带上个洋字，拉车要拉洋车，赶驴要赶洋驴，也许还有洋骆驼要来。”向高把春桃逗得笑起来了。

“你先别说别人。若是给你有钱，你也想念洋书，娶个洋媳妇。”

“老天爷知道，我绝不会发财。发财也不会娶洋婆子。若是我有钱，回乡下买几亩田，咱们两个种去。”

春桃自从逃难以来，把丈夫丢了，听见乡下两字，总没有好感想。她说：“你还想回去？恐怕田还没买，连钱带人都没有了。没饭吃，我也不回去。”

“我说回我们锦县乡下。”

“这年头，那一个乡下都是一样，不闹兵，便闹贼；不闹贼，便闹日本，谁敢回去？还是在这里捡捡烂纸罢。咱们现在只缺一个帮忙底人。若是多个人在家替你归着东西，你白天便可以出去摆地摊，省得货过别人手里，卖漏了。”

“我还得学三年徒弟才成，卖漏了，不怨别人，只怨自己不够眼光。这几个月来我可学了不少。邮票，那种值钱，那种不值，也差不多会瞧了。大人物底信札手笔，卖得出钱，卖不出钱，也有一点把握了。前几天在那堆字纸里检出一张康有为底字，你说今天我卖了多少？”他很高兴地伸出拇指和食指比仿着，“八毛钱！”

“说是呢！若是每天在烂纸堆里能检出八毛钱就算顶不错，还用回乡下种田去？那不是自找罪受么？”春桃愉悦的声音就像春深底莺啼一样。她接着说：“今天这堆准保有好的给你检。听说明天还有好些，那人教我一早到后门等他。这两天宫里底东西都赶着装箱，往南方运，库里许多烂纸都不要。我瞧见东华门外也有许多，一口袋一口袋陆续地扔出来。明儿你也打听去。”

说了许多话，不觉二更打过。她伸伸懒腰站起来说：“今天累了，歇吧！”

向高跟着她进屋里。窗户下横着土炕，够两三人睡底。在微细的灯光底下，隐约看见墙上一边贴着八仙打麻雀底谐画，一边是烟公司“还是他好”底广告画。春桃底模样，若脱去破帽子，不用说到瑞蚨祥或别的上海成衣店，只到天桥搜罗一身落伍的旗袍穿上，坐在任何草地，也与“还是他好”里那摩登女差不上下。因此，向高常对春桃说贴底是她底小照。

她上了炕，把衣服脱光了，顺手揪一张被单盖着，躺在一边。向高照例是给她按按背，捶捶腿。她每天底疲劳就是这样含着一点微笑，在小油灯底闪烁中，渐次得着苏息。在半睡的状态中，她喃喃地说："向哥，你也睡罢，别开夜工了，明天还要早起咧。"

妇人渐次发出一点微细的鼾声，向高便把灯灭了。

一破晓，男女二人又像打食底老鸹，急飞出巢，各自办各底事情去。

刚放过午炮，十刹海底锣鼓已闹得喧天。春桃从后门出来，背着纸篓，向西不压桥这边来。在那临时市场底路口，忽然听见路边有人叫她："春桃，春桃！"

她底小名，就使向高，一年之中也罕得这样叫唤她一声。自离开乡下以后，四五年来没人这样叫过她。

"春桃，春桃，你不认得我啦！"

她不由得回头一瞧，只见路边坐着一个叫化子。那乞怜的声音从他满长了胡子底嘴发出来。他站不起来，因为他两条腿已经折了。身上穿底一件灰色的破军衣，白铁钮扣都生了锈，肩膀从肩章底破缝露出，不伦不类的军帽斜戴在头上，帽章早已不见了。

春桃望着他一声也不响。

"春桃，我是李茂呀！"

她进前两步，那人底眼泪已带着灰土透入蓬乱的胡子里。她心跳得慌，半晌说不出话来，至终说："茂哥，你在这里当叫化子啦？你两条腿怎么丢啦？”

“嗳，说来话长。你从多咱起，在这里呢？你卖底是什么？”

“卖什么！我捡烂纸咧。……咱们回家再说罢。”

她雇了一辆洋车，把李茂扶上去，把篓子也放在车上，自己在后面推着。一直来到德胜门墙根，车夫帮着她把李茂扶下来。进了胡同口，老吴敲着小铜碗，一面问：“刘大姑，今儿早回家，买卖好呀？”

“来了乡亲啦。”她应酬了一句。

李茂像只小狗熊，两只手按在地上，帮助两条断腿爬着。她从口袋里拿出钥匙，开了门，引着男子进去。她把向高底衣服取一身出来，像向高每天所做底，到井边打了两桶水倒在小澡盆里教男人洗澡。洗过以后，又倒一盆水给他洗脸。然后扶他上炕坐，自己在明间也洗一回。

“春桃，你这屋里收拾得很干净，一个人住吗？”

“还有一个伙计。”春桃不迟疑地回答他。

“做起买卖来啦？”

“不告诉你就是捡烂纸么？”

“捡烂纸？一天捡得出多少钱！”

“先别盘问我，你先说你底罢。”

春桃把水泼掉，理着头发进屋里来，坐在李茂对面。

李茂开始说他底故事：

“春桃，唉，说不尽哟！我就说个大概罢。

“自从那晚上教胡子绑去以后，因为不见了你，我恨他们，夺了他们一杆枪，打死他们两个人，拼命地逃。逃到沈阳，正巧边防军招兵，我便应了招。在营里三年，老打听家里底消息，人来都说咱们村里都变成砖瓦地了。咱们底地契也不晓得现在落在谁手里。咱们逃出来时，偏忘了带着地契。因此这几年也没告假回乡下瞧瞧。在营里告假，怕连几块钱底饷也告丢了。

“我安分当兵，指望月月关饷，至于运到升官，本不敢盼。也是我命里合该有事：去年年头，那团长忽然下一道命令，说，若团里底兵能瞄枪连中九次靶，每月要关双饷，还升差事。一团人没有一个中过四枪，中，还是不进红心。我可连发连中，不但中了九次红心，连剩下那一颗子弹，我也放了。我要显本领，背着脸，弯着腰，脑袋向地，枪从裤裆放过去，不偏不歪，正中红心。当时我心里多么快活呢。那团长教把我带上去。我心里想着总要听几句褒奖底话。不料那畜生翻了脸，楞说我是胡子，要枪毙我！他说若不是胡子，枪法决不会那么准。我底排长队长都替我求情，担保我不是坏人，好容易不枪毙我了，可是把我底正兵革掉，连副兵也不许我当。他说，当军官底难免不得罪弟兄们，若是上前线督战，队里有个像我瞄得那么准，从后面来一枪，虽然也算阵亡，可值不得死在仇人手里。大家没话说，只劝我离开军队，找别的营生去。

“我被革了不久，日本人便占了沈阳；听说那狗团长领着他底军队先投降去了。我听见这事，愤不过，想法子要去找那奴才。我加入义勇军，在海城附近打了几个月，一面打，一面退到关里。前个月在平谷东北边打，我去放哨，遇见敌人，伤了我两条腿，那时还能走，躲在一块大石底下，开枪打死他几个。我实在支持不住了，把枪扔掉，向田边底小道爬，等了一天，两天，还不见有红十字会或红卍字会底人来。伤口越肿越厉害，走不动又没吃底喝底，只躺在一边等死。后来可巧有一辆大车经过，赶车底把我扶了上去，送我到一个军医底帐幕。他们又不瞧，只把我扛上汽车，往后方医院送。已经伤了三天，大夫解开一瞧，说都烂了非用锯不可。在院里住了一个多月，好是好了，就丢了两条腿。我想在此地，举目无亲，乡下又回不去，就说回去得了，没有腿怎能种田？求医院收容我，给我一点事情做，大夫说医院管治不管留，也不管找事，此地又没有残废兵留养院，迫着我不得不出来讨饭，今天刚是第三天。这两天我常想着，若是这样下去，我可受不了，非上吊不可。”

春桃注神听他说，眼眶不晓得什么时候都湿了。她还是静默着。李茂用手捋捋额上底汗，也歇了一会。

“春桃，你这几年呢？这小小地方虽不如咱们乡下那么宽敞，看来你倒不十分苦。”

“谁不受苦？苦也得想法子活。在阎罗殿前，难道就瞧不见笑脸？这几年来，我就是干这捡烂纸换取灯底生活，还有一个姓刘底同我合伙。我们两人，可以说不分彼此，勉强能度过日子。”

“你和那姓刘底同住在这屋里？”

“是，我们同住在这炕上睡。”春桃一点也不迟疑，她好像早已有了成见。

“那么，你已经嫁给他？”

“不。同住就是。”

“那么，你现在还算是我底媳妇？”

“不，谁底媳妇，我都不是。”

李茂底夫权意识被激动了。他可想不出什么话来说。两眼注视着地上，当然他不是为看什么，只为有点不敢望着他底媳妇。至终他沉吟了一句：“这样，人家会笑话我是个活王八。”

“王八？”妇人听了他底话有点翻脸，但她底态度仍是很和平。她接着说：“有钱有势底人才怕当王八。像你，谁认得？活不留名，死不留姓，王八不王八，有什么相干？现在，我是我自己，我做底事，决不会玷着你。”

“咱们到底还是两口子，常言道，一夜夫妻百日恩——”

“百日恩不百日恩我不知道。”春桃截住他底话。“算百日恩，也过了好十几个百日恩。四五年间，彼此不知下落，我想你也想不到会在这里遇见我。我一个人在这里，得活，得人帮忙。我们同住了这些年，要说恩爱，自然是对你薄得多。今天我领你回来，是因为我爹同你爹底交情，我们还是乡亲。你若认我做媳妇，我不认你，打起官司，也未必是你赢。”

李茂掏掏他底裤带，好像要拿什么东西出来，但他底手忽然停住，眼睛望望春桃，至终把手缩回去撑着席子。

李茂没话，春桃哭。日影在这当中也静静地移了三四分。

“好罢。春桃，你做主。你瞧我已经残废了，就使你愿意跟我，我也养不活你。”李茂到底说出这英明的话。

“我不能因为你残废就不要你，不过我也舍不得丢了他。大家住着，谁也别想谁是养活着谁，好不好？”春桃也说了她心里底话。

李茂底肚子发出很微细的咕噜咕噜声音。

“噢，说了大半天，我还没问你要吃什么！你一定很饿了。”

“随便罢。有什么吃什么。我昨天晚上到现在还没吃，只喝水。”

“我买去。”春桃正踏出房门，向高从院外很高兴地走进来，两人在瓜棚底下撞了个满怀。“高兴什么？今天怎样这早就回来？”

“今天做了一批好买卖！昨天你背回来底那一篓，早晨我打开一看，里头有一包是明朝高丽王上底表章，一份至少可以卖五十块钱。现在我们手里有十份！方才散了几份给行里，看看主儿出得多少，再发这几份。里头还有两张盖上端明殿御宝底纸，行家说是宋家底，一给价就是六十块，我没敢卖，怕卖漏了，先带回来给你开开眼。你瞧……”他说时，一面把手里底旧蓝布包袱打开，拿出表章和旧纸来。“这是端明殿御宝。”他指着纸上底印纹。

“若没有这个印，我真看不出有什么好处，洋宣比它还白咧。怎么宫里管事底老爷们也和我一样不懂眼？”春桃虽然看了，却不晓得那纸底值钱处在那里。

“懂眼？若是他们懂眼，咱们还能换一块儿毛么？”向高把纸接过去，仍旧和表章包在包袱里。他笑着对春桃说：“我说，媳妇……”

春桃瞟了他一眼，说：“告诉你别管我叫媳妇。”

向高没理会她，直说：“可巧你也早回家。买卖想是不错。”

“早晨又卖了像昨天那样底一篓。”

“你不说还有许多么？”

“都教他们送到晓市卖到乡下包落花生去了！”

“不要紧，反正咱们今天开了光，头一次做上三十块钱底买卖。我说，咱们难得下午都在家，回头咱们上十刹海逛逛，消消暑去，好不好？”

他进屋里，把包袱放在桌上。春桃也跟进来。她说：“不成，今天来了人了。”说着掀开帘子，点头招向高，“你进去。”

向高进去，她也跟着。“这是我原先的男人。”她对向高说过这话，又把他介绍给李茂说，“这是我现在的伙计。”

两个男子，四只眼睛对着，若是他们眼球底距离相等，他们底视线就会平行地接连着。彼此都没话，连窗台上歇底两只苍蝇也不做声。这样又教日影静静地移一二分。

“贵姓？”向高明知道，还得照例地问。

彼此谈开了。

“我去买一点吃底。”春桃又向着向高说：“我想你也还没吃罢？烧饼成不成？”

“我吃过了。你在家，我买去罢。”

妇人把向高拖到炕上坐下，说："你在家陪客人谈话。"给了他一副笑脸，便自出去。

屋里现在剩下两个男人，在这样情况底下，若不能一见如故，便得打个你死我活。好在他们是前者底情形。但我们别想李茂是短了两条腿，不能打。我们得记住向高是拿过三五年笔杆底，用李茂底分量满可以把他压死。若是他有枪，更省事，一动指头，向高便得过奈何桥。

李茂告诉向高，春桃底父亲是个乡下财主，有一顷田。他自己底父亲就在他家做活和赶叫驴。因为他能瞄很准的枪，她父亲怕他当兵去，便把女儿许给他，为底是要他保护庄里底人们。这些话，是春桃没向他说过底。他又把方才春桃说底话再述一遍，渐次迫到他们二人切身的问题上头。

"你们夫妇团圆，我当然得走开。"向高在不愿意的情态底下说出这话。

"不，我已经离开她很久，现在并且残废了，养不活她，也是白搭。你们同住这些年，何必拆？我可以到残废院去。听说这里有，有人情便可进去。"

这给向高很大的诧异。他想，李茂虽然是个大兵，却料不到他有这样的侠气。他心里虽然愿意，嘴上还不得不让。这是礼仪的狡猾，念过书的人们都懂得。

“那可没有这样的道理，”向高说。“教我冒一个霸占人家妻子底罪名，我可不愿意。为你想，你也不愿意你妻子跟别人住。”

“我写一张休书给她，或写一张契给你，两样都成。”李茂微笑诚意地说。

“休？她没什么错，休不得。我不愿意丢她底脸。卖？我那儿有钱买？我底钱都是她底。”

“我不要钱。”

“那么，你要什么？”

“我什么都不要。”

“那又何必写卖契呢？”

“因为口讲无凭，日后反悔，倒不好了。咱们先小人，后君子。”

说到这里，春桃买了烧饼回来。她见二人谈得很投机，心下十分快乐。

“近来我常想着得多找一个人来帮忙，可巧茂哥来了。他不能走动，正好在家管管事，捡捡纸。你当跑外卖货。我还是当捡货底。咱们三人开公司。”春桃另有主意。

李茂让也不让，拿着烧饼望嘴送，像从饿鬼世界出来底一样，他没工夫说话了。

“两个男人，一个女人，开公司？本钱是你底？”向高发出不需要的疑问。

“你不愿意吗？”妇人问。

“不，不，不，我没有什么意思。”向高心里有话，可说不出来。

“我能做什么？整天坐在家里，干得了什么事？”李茂也有点不敢赞成。他理会向高底意思。

“你们都不用着急，我有主意。”

向高听了，伸出舌头舐舐嘴唇，还吞了一口唾沫。李茂依然吃着，他底眼睛可在望春桃，等着听她底主意。

捡烂纸大概是女性中心底一种事业。她心中已经派定李茂在家把旧邮票和纸烟盒里底画片检出来。那事情，只要有手有眼，便可以做。她合一合，若是天天有一百几十张卷烟画片可以从烂纸堆里检出来，李茂每月底伙食便有了门。邮票好的和罕见的，每天能检得两三个，也就不劣。外国烟卷在这城里，一天总销售一万包左右，纸包底百分之一给她检回来，并不算难。至于向高还是让他检名人书札，或比较可以多卖钱底东西。他不用说已经是个行家，不必再受指导。她自己干那吃力的工作，除去下大雨以外，在狂风烈日底下，是一样地出去捡货。尤其是在天气不好底时候，她更要工作，因为同业们有些就不出去。

她从窗户望望太阳，知道还没到两点，便出到明间，把破草帽仍旧戴上，探头进房里对向高说：“我还得去打听宫里还有东西出来没有。你在家招呼他。晚上回来，我们再商量。”

向高留她不住，便由她走了。

好几天底光阴都在静默中度过。但二男一女同睡一铺炕上定然不很顺心。多夫制底社会到底不能够流行得很广。其中的一个原故是一般人还不能摆脱原始的夫权和父权思想。由这个，造成了风俗习惯和道德观念。老实说，在社会里，依赖人和掠夺人底，才会遵守所谓风俗习惯；至于依自己的能力而生活底人们，心目中并不很看重这些。像春桃，她既不是夫人，也不是小姐；她不会到外交大楼去赴跳舞会，也没有机会在严重的典礼上当主角。她底行为，没人批评，也没人过问，纵然有，也没有切肤之痛。监督她底只有巡警，但巡警是很容易对付底。两个男人呢？向高诚然念过一点书，含糊地了解些圣人底道理，除掉些少名分底观念以外，他也和春桃一样。但他底生活，从同居以后，完全靠着春桃。春桃底话，是从他耳朵进去底维他命，他得听，因为于他有利。春桃教他不要嫉妒，他连嫉妒底种子也都毁掉。李茂呢，春桃和向高能容他住一天便住一天，他们若肯认他做亲戚，他便满足了。当兵底人照例要丢一两个妻子。但他底困难也是名分上的。

向高底嫉妒虽然没有，可是在此以外底种种不安，常往来于这两个男子当中。

暑气仍没减少，春桃和向高不是到汤山或北戴河去底人物。他们日间仍然得出去谋生活。李茂在家，对于这行事业可算刚上了道，他已能分别那一种是要送到万柳堂或天宁寺去做糙纸底，那一样要留起来底，还得等向高回来鉴定。

春桃回家，照例还是向高侍候她。那时已经很晚了，她在明间里闻见蚊烟底气味，便向着坐在瓜棚底下底向高说："咱们多会点过蚊烟，不留神，不把房子点着了才怪咧。"

向高还没回答，李茂便说："那不是熏蚊子，是熏秽气，我央刘大哥点底。我打算在外面地下睡。屋里太热，三人睡，实在不舒服。"

"我说，桌上这张红帖子又是谁底？"春桃拿起来看。

"我们今天说好了，你归刘大哥。那是我立给他底契。"声从屋里底炕上发出来。

"哦，你们商量着怎样处置我来！可是我不能由你们派。"她把红帖子拿进屋里，问李茂："这是你底主意，还是他底？"

"是我们俩底主意。要不然，我难过，他也难过。"

“说来说去，还是那话。你们都别想着咱们是丈夫和媳妇，成不成？”

她把红帖子撕得粉碎，气有点粗。

“你把我卖多少钱？”

“写几十块钱做个彩头。白送媳妇给人，没出息。”

“卖媳妇，就有出息？”她出来对向高说，“你现在有钱，可以买媳妇了。若是给你阔一点……”

“别这样说，别这样说。”向高拦住她底话，“春桃，你不明白。这两天，同行底人们直笑话我。……”

“笑你什么？”

“笑我……”向高又说不出来。其实他没有很大的成见，春桃要怎办，十回有九回是遵从底。他自己也不明白这是什么力量。在她背后，他想着这样该做，那样得照他底意思办，可是一见了她，就像见了西太后似地，样样都要听她底懿旨。

“噢，你到底是念过两天书，怕人骂，怕人笑话。”

自古以来，真正统治民众底并不是圣人底教训，好像只是打人底鞭子和骂人底舌头。风俗习惯是靠着打骂维持底。但在春桃心里，像已持着“人打还打，人骂还骂”底态度。她不是个弱者，不打骂人，也不受人打骂。我们听她教训向高底话，便可以知道。

“若是人笑话你，你不会揍他？你露什么怯？咱们底事，谁也管不了。”

向高没话。

“以后不要再提这事罢。咱们三人就这样活下去，不好吗？”

一屋里都静了。吃过晚饭，向高和春桃仍是坐在瓜棚底下，只不像往日那么爱说话。连买卖经也不念了。

李茂叫春桃到屋里，劝她归给向高。他说男人底心，她不知道，谁也不愿意当王八，占人妻子，也不是好名誉。他从腰间拿出一张已经变成暗褐色底红纸帖，交给春桃，说：“这是咱们底龙凤帖。那晚上逃出来底时候，我从神龛上取下来，揣在怀里。现在你可以拿去，就算咱们不是两口子。”

春桃接过那红帖子，一言不发，只注视着炕上破席。她不由自主地坐下，挨近那残的底人，说：“茂哥，我不能要这个，你收回去罢。我还是你底媳妇。一夜夫妻百日恩，我不做缺德的事。今天看你走不动，不能干大活，我就不要你，我还能算人吗？”

她把红帖也放在炕上。

李茂听了她底话，心里很受感动。他低声对春桃说：“我瞧你怪喜欢他底，你还是跟他过日子好，等有点钱，可以打发我回乡下，或送我到残废院去。”

“不瞒你说，”春桃底声子低下去。“这几年我和他就同两口子一样活着，样样顺心，事事如意；要他走，也怪舍不得。不如叫他进来商量，瞧他有什么主意。”她向着窗户叫：“向哥，向哥。”可是一点回音也没有。出来一瞧，向哥已不在了。这是他第一次晚间出门。她楞一会，便向屋里说：“我找他去。”

她料想向高不会到别底地方去。到胡同口，问问老吴。老吴说，望大街那边去了。她到他常交易底地方去，都没找着。人很容易丢失，眼睛若见不到，就是渺渺茫茫无寻觅处。快到一点钟，她才懊丧地回家。

屋里底油灯已经灭了。

“你睡着啦？向哥回来没有？”她进屋里，掏出洋火，把灯点着，向炕上一望，只见李茂把自己挂在窗棂上，用底是他自己底裤带。她心里虽免不了存着女性的恐慌，但是还有胆量紧爬上去，把他解下来。幸而时间不久，用不着惊动别人，轻轻地抚揉着他，他渐次苏醒回来。

杀自己的身来成就别人是侠士底精神。若是李茂底两条腿还存在，他也不必出这样的手段。两三天以来，他总觉得自己没多少希望，倒不如毁灭自己，教春桃好好地活着。春桃于他虽没有爱，却很有义。她用许多话安慰他，一直到天亮。他睡着了，春桃下炕，见地上一些纸灰还剩下没烧完底红纸。她认得是李茂曾给他底那张龙凤帖，直望着出神。

那天她没出门。晚上还陪李茂坐在炕上。

“你哭什么？”春桃见李茂热泪滚滚地滴下来，便这样问他。

“我对不起你。我来干什么？”

“没人怨你来。”

“现在他走了，我又短了两条腿。……”

“你别这样想。我想他会回来。”

“我盼望他会回来。”

又是一天过去了。春桃起来，到瓜棚摘了两条黄瓜做菜，草草地烙了一张大饼，端到屋里，两个人同吃。

她仍旧把破帽戴着，背上篓子。

“你今天不大高兴，别出去啦！”李茂隔着窗户对她说。

“坐在家里更闷得慌。”

她慢慢地踱出门。作活是她的天性，虽在沉闷的心境中，她也要干。中国女人好像只理会生活，而不理会爱情，生活底发展是她所注意底，爱情底发展只在盲闷的心境中沸动而已。自然，爱只是感觉，而生活是实质底，整天躺在锦帐里或坐在幽林中讲爱经，也是从皇后船或总统船运来底知识。春桃既不是弄潮儿底姊妹，也不是碧眼胡底学生，她不懂得，只会莫名其妙地纳闷。

一条胡同过了又是一条胡同。无量的尘土，无尽的道路，涌着这沉闷的妇人，她有时嚷“烂纸换洋取灯儿”，有时连路边一堆不用换底旧报纸，她都不检。有时该给人两盒取灯，她却给了五盒。胡乱地过了一天，她便随着天上那班只会嚷嚷和抢吃底黑衣党慢慢地踱回家。仰头看见新贴上底户口照，写底户主是刘向高妻刘氏，使她心里更闷得厉害。

刚踏进院子，向高从屋里赶出来。

她瞪着眼，只说：“你回来……”其余的话用眼泪连续下去。

“我不能离开你，我底事情都是你成全底。我知道你要我帮忙。我不能无情无义。”其实他这两天在道上漫散地走，不晓得要往那里去。走路底时候，直像脚上扣着一条很重的铁镣，那一面是扣在春桃手上一样。加以到处都遇见“还是他好”底广告，心情更受着不断的搅动，甚至饿了他也不知道。

“我已经同向哥说好了。他是户主，我是同居。”

向高照旧帮她卸下篓子。一面替她抹掉脸上底眼泪。他说：“若是回到乡下，他是户主，我是同居。你是咱们底媳妇。”

她没有做声，直进屋里，脱下衣帽，行她每日的洗礼。

买卖经又开始在瓜棚底下念开了。他们商量把宫里那批字纸卖掉以后，向高便可以在市场里摆一个小摊，或者可以搬到一间大一点点的房子去住。

屋里，豆大的灯火，教从瓜棚飞进去底一只油葫芦扑灭了。李茂早已睡熟，因为银河已经低了。

“咱们也睡罢。”妇人说。

“你先躺去，一会我给你捶腿。”

“不用啦，今天我没走多少路。明儿早起，记得做那批买卖去，咱们有好几天不开张了。”

“方才我忘了拿给你。今天回家，见你还没回来，我特意到天桥去给你带一顶八成新的帽子回来。你瞧瞧！”他在暗里摸着那帽子，要递给她。

“现在那里瞧得见！明天我戴上就是。”

院子都静了，只剩下晚香玉底香还在空气中游荡。屋里微微地可以听见“媳妇”和“我不爱听，我不是你底媳妇”等对答。

原载 1934 年 7 月 1 日《文学》第 3 卷第 1 期；选自《危巢坠简》，上海商务印书馆 1947 年初版。

黄昏后

承歡承懽两姊妹在山上采了一篓羊齿类的干草，是要用来编造果筐和花篮的。她们从那条崎岖的山径一步一步地走下来，刚到山腰，已是喘得很厉害，二人就把篓子放下，歇息一会。

承歡底年纪大一点，所以她底精神不如妹妹那么活泼，只坐在一根横露在地面底榕树根上头；一手拿着手巾不歇地望脸上和脖项上揩拭。她底妹妹坐不一会，已经跑入树林里，低着头，慢慢找她心识中底宝贝去了。

喝醉了底太阳在临睡时，虽不能发出他固有的本领，然而还有余威把他的妙光长箭射到承歡这里。满山的岩石、树林、泉水，受着这妙光底赏赐，越觉得秋意阑珊了。汐涨底声音，一阵一阵地从海岸送来；远地的归鸟和落叶混着在树林里乱舞。承歡当着这个光景，她的眉、目、唇、舌也不觉跟着那些动的东西在她那被日光熏黑了底面庞飞舞着。她高兴起来，心中的意思已经禁止不住，就顺口念着："……碧海无风涛自语；丹林映日叶思飞！……"还没有念完，她底妹妹就来到跟前，衣裾里兜着一堆的叶子，说："姊姊，你自己坐在这里，和谁说话来？你也不去帮我捡捡叶子，那边还有许多好看的哪。”她说着，顺手把所得底枯叶一片一片地拿出来，说：“这个是蚶壳，……这是海星，……这是没有脊鳍的翻车鱼。……这卷得更好看，是爸爸吸的淡芭菰。……这是……”她还要将那些受她想象变化过底叶子，一一给姊姊说明；可是这样的讲解，除她自己以外，是没人愿意用工夫去领教底。承歡不耐烦地说：“你且把它们搁在篓里罢，到家才听你的，现在我不愿意听咧。”承懽斜着眼瞧了姊姊一下，一面把叶子装在篓里，说：“姊姊不晓得又想什么了。在这里坐着，愿意自己喃喃地说话，就不愿意听我所说的！”承歡说：“我何尝说什么，不过念着爸爸那首《秋山晚步》罢了。”她站起来，说：“时候不早了，咱们走吧。你可以先下山去，让我自己提这篓子。”承懽说：“我不，我要陪着你走。”

二人顺着山径下来，从秋的夕阳渲染出来等等的美丽已经布满前路：霞色、水光、潮音、谷响、草香，等等，更不消说；即如承歡那副不白的脸庞也要因着这个就增了几分本来的姿色。承歡虽是走着，脚步却不肯放开，生怕把这样晚景错过了似的。她无意中说了声：“呀！妹妹，秋景虽然好，可惜大近残年咧。”承懽的年纪只十岁，自然不能懂得这位十五岁的姊姊所说底是什么意思。她就接着说：“挨近残年，有什么可惜不可惜的？越近残年越好，因为残年一过，爸爸就要给我好些东西玩，我也要穿新做的衣服——我还盼望他快点过去呢。”

她们底家就在山下，门前朝着南海；从那里，有时可以望见远地里一两艘法国巡舰在广州湾驶来驶去。姊妹们也说不清她们所住的到底是中国地，或是法国领土；不过时常理会那些法国水兵爱来村里胡闹罢了。刚进门，承懽便叫一声：“爸爸，我们回来了！”平常她们一回来，父亲必要出来接她们；这一次不见他出来，承懽以为她父亲底注意是贯注在书本或雕刻上头，所以教妹妹不要声张，只好静静地走进来。承懽把篓子放下，就和妹妹到父亲屋里。

她们底父亲关怀所住的是南边那间屋子，靠壁三五架书籍。又陈设了许多大理石造像——有些是买来底，有些是自己创作底。从这技术室进去就是卧房。二人进去，见父亲不在那里。承懽向壁上一望，就对妹妹说：“爸爸又拿着‘基达尔’出去了。你到妈妈坟上，瞧他在那里不在。我且到厨房弄饭，等着你们。”

她们母亲底坟墓就在屋后自己的荔枝园中；承懽穿过几棵荔枝树，就听见一阵基达尔底乐音，和着她父亲底歌喉。她知道父亲在那里，不敢惊动他的弹唱，就蹑着脚步上前。那里有一座大理石的坟头，形式虽和平常一样，然而西洋的风度却是很浓的。瞧那建造和雕刻的工夫，就知道平常的工匠决做不出来；一定是关怀亲手所造的。那墓碑上不记年月，只刻着“良人关山恒媚”，下面一行小字是“夫关怀手泐”。承欢到时，关怀只管弹唱着，像不理会他女儿站在身旁似的。直等到西方底回光消灭了，他才立起来，一手挟着乐器，一手牵着女儿，从园里慢慢地走出来。

一到门口，承懽就嚷着：“爸爸回来了！”她姊妹走出来，把父亲手里底乐器接住，且说：“饭快好啦，你们先到厅里等一会，我就端出来。”关怀牵着承懽到厅里，把头上底义辫脱下，挂在一个衣架上头，回头他就坐在一张睡椅上和承懽谈话。他的外貌像一位五十岁左右底日本人，因为他底头发很短，两撇胡子也是含着外洋的神气。停一会，承歡端饭出来，关怀说：“今晚上咱们都回得晚。方才你妹妹说你在山上念什么诗；我也是在书架上偶然捡出十几年前你妈妈写给我底《自君之出矣》，我曾把这十二首诗入了乐谱，你妈妈在世时很喜欢听这个；到现在已经十一二年不弹这调了。今天偶然被我翻出来，所以拿着乐器走到她坟上再唱给她听；唱得高兴，不觉反复了几遍，连时间也忘记了。”承歡说：“往时爸爸到墓上奏乐，从没有今天这么久；这诗我也不曾听过……”承懽插嘴说：“我也不曾听过。”承歡接着说：“也许我在当时年纪太小不懂得。今晚上的饭后谈话，爸爸就唱一唱这诗，且给我们说说其中的意思吧。”关怀说：“自你四岁以后，我就不弹这调了，你自然是不曾听过底。”他抚着承懽的头，笑说：“你方才不是听过了吗？”承懽摇头说：“那不算，那不算。”他说：“你妈妈这十二首诗没有什么可说底，不如给你们说咱们在这里住着底缘故吧。”

吃完饭，关怀仍然倚在睡椅下头，手里拿着一枝雪茄，且吸且说。这老人家在灯光之下说得眉飞目舞，教姊妹们的眼光都贯注在他脸，好像藏在叶下的猫儿凝神守着那翩飞的蛱蝶一般。

关怀说：“我常愿意给你们说这事，恐怕你们不懂得，所以每要说时，便停止了。咱们住在这里，不但邻舍觉得奇怪，连阿歡，你底心里也是很诧异的。现在你底年纪大了，也懂得一点世故了，我就把一切的事告诉你们吧。”

“我从法国回到香港，不久就和你妈妈结婚。那时刚要和东洋打仗，邓大人聘了两个法国人做顾问，请我到兵船里做通译。我想着，我到外洋是学雕刻的，通译，哪里是我做得来底事，当时就推辞他。无奈邓大人一定要我去，我碍于情面也就允许了。你妈妈虽不愿意，因为我已应许人家，所以不加拦阻。她把脑后的头发截下来，为我做成那条假辫。”他说到这里，就用雪茄指着衣架，接着说：“那辫子好像叫卖底幌子，要当差事非得带着他不可。那东西被我用了那么些年，已修理过好几次，也许现在所有的头发没有一根是你妈妈底哪。”

“到上海底时候，那两个法国人见势不佳，没有就他底聘。他还劝我不用回家，日后要用我做别的事，所以我就暂住在上海。我在那里，时常听见不好的消息，直到邓大人在威海卫阵亡时，我才回来。那十二首诗就是我入门时，你妈妈送给我底。”

承歡说：“诗里说的都是什么意思？”关怀说：“互相赠与底诗，无论如何，第三个人是不能理会，连自己也不能解释给人听的。那诗还搁在书架上，你要看时，明天可以拿去念一念。我且给你说此后我和你妈妈底事。”

“自那次打败仗，我自己觉得很羞耻，就立意要隔绝一切的亲友，跑到一个孤岛里居住，为底是要避掉等等不体面的消息，教我的耳朵少一点激刺。你妈妈只劝我回硇洲去，但我很不愿意回那里去；以后我们就定意要搬到这里来。这里离硇洲虽是不远，乡里的人却没有和我往来，我想他们必是不知道我住在这里。

“我们买了这所房子，连后边的荔枝园。二人就在这里过很欢乐的日子。在这里住不久，你就出世了。我们给你起个名字叫承歡。……”承懽紧接着问：“我呢？”关怀说：“还没有说到你咧，你且听着，待一会才给你说。”

他接着说："我很不愿意雇人在家里做工，或是请别人种地给我收利。但耨田插秧底事都不是我和你妈妈做得来底；所以我们只好买些果树园来做生产底源头；西边那丛椰子林也是在你一周岁时买来做纪念的。那时你妈妈每日的功课就是乳育你；我在技术室做些经常的生活以外，有工夫还出去巡视园里的果树。好几年的工夫，我们都是这样地过，实在快乐啊！

"唉，好事是无常的！我们在这里住不上五年，这一片地方又被法国占据了！当时我又想搬到别处去，为底是要回避这种羞耻，谁知这事不能由我做主，好像我的命运就是这样，要永远住在这蒙羞的土地似的。"关怀说到这里，声音渐渐低微，那忧愤的情绪直把眼睑报下一半，同时他底视线从女儿底脸上移开，也被地心引力吸住了。

承懽不明白父亲的心思，尽说："这地方很好，为什么又要搬呢？"承歡说："啊，我记得爸爸给我说过，妈妈是在那一年去世的。"关怀说："可不是！从前搬来这里的时候，你妈妈正怀着你；因为风波底颠播，所以临产时很不顺利，这次可巧又有了阿懽，我不愿意像从前那么唐突，要等她产后才搬。可是她自从得了租借条约签押底消息以后，已经病得支持不住了。"那声音的颤动，早已把承歡底眼泪震荡出来。然而这老人家却没有显出什么激烈的情绪，只皱一皱他的眉头而已。

他往下说："她产后不上十二个时辰就……"承懽急急地问："是养我不是？"他说："是。因为你出世不久，你妈妈便撇掉你，所以给你起个名字做阿懽，懽就是忧而无告的意思。"

这时，三个人缄默了一会。门前底海潮音，后园底蟋蟀声，都顺着微风从窗户间送进来，桌上那盏油灯本来被灯花堵得火焰如豆一般大，这次因着微风，更是闪烁不定，几乎要熄灭了。关怀说："阿歡，你去把窗户关上，再将油灯整理一下。……小妹妹也该睡了，回头就同她到卧房去吧。"

不论什么人都喜欢打听父母怎样生育他，好像念历史底人爱读开天辟地底神话一样。承懽听到这个去处，精神正在活泼，那里肯去安息。她从小凳子上站起来，顺势跑到父亲面前，且坐在他底膝上，尽力地摇头说："爸爸还没有说完哪。我不困，快往下说罢。"承歡一面关窗，一面说："我也愿意再听下去，爸爸就接着说罢。今晚上迟一点睡也无妨。"她把灯心弄好，仍回原位坐下注神瞧着她底父亲。

油灯经过一番收拾，越显得十分明亮，关怀底眼睛忽然移到屋角一座石像上头。他指着对女儿说："那就是你妈妈去世前两三点钟的样子。"承懽说："姊姊也曾给我说过那是妈妈，但我准知道爸爸屋里那个才是。我不信妈妈的脸难看到这个样子。”他抚着承懽底颅顶说：“那也是好看的。你不懂得，所以说她不好看。”他越说越远，几乎把方才所说的忘掉；幸亏承歡再用话语提醒他，他老人家才接续地说下去。

他说：“我的搬家计画，被你妈妈这一死就打消了。她底身体已藏在这可羞的土地，而且你和阿懽年纪又小，服事你们两个小姊妹还忙不过来，何况搬东挪西地往外去呢？因此，我就定意要终身住在这里，不想再搬了。”

“我是不愿意雇人在家里为我工作的。就是乳母，我也不愿意雇一个来乳育阿懽。我不信男子就不会养育婴孩，所以每日要亲自尝试些乳育底工夫。”承懽问：“爸爸，当时你有奶子给我喝吗？”关怀说：“我只用牛乳喂你。然而男子有时也可以生出乳汁底。……阿歡，我从前不曾对你说过孟景休底事么？”承歡说：“是，他是一个孝子，因为母亲死掉，留下一个幼弟；他要自己做乳育的工夫，果然有乳浆从他底乳房溢出来。”关怀笑说：“我当时若不是一个书呆子，就是这事一定要孝子才办得到，贞夫是不许做的。我每每抱着阿懽，让她啜我的乳头，看看能够溢出乳浆不能，但试来试去，都不成功。养育的工夫虽然是苦，我却以为这是父母二人应当共同去做的事情，不该让为母的独自担任这番劳苦。”

承歡说：“可是这事要女人去做才合宜。”

“是的。自从你妈妈没了以后，别样事体倒不甚棘手，对于你所穿的衣服总觉得肮脏和破裂得非常的快。我自己也不会做针黹，整天要为你求别人缝补，这几乎又要把我所不求人的理想推翻了！当时有些邻人劝我为你们续娶一个……”

承歡说：“我们有一位后娘倒好。”

那老人家瞪着眼，口里尽力地吸着雪茄，少停，他的声音就和青烟一齐冒出来。他郑重地说：“什么？一个人能像禽兽一样，只有生前的恩爱，没有死后的情愫吗？”

从他口里吐出来底青烟早已触得承懽嗛嗛地咳嗽起来。她断续地说：“爸爸的口直像王家那个破灶，闷得人家的眼睛和喉咙都不爽快。”关怀拍着她的背说：“你真会用比方！……这是从外洋带回来底习惯，不吸他也罢，你就拿去搁在烟盂里吧。”承懽拿着那枝雪茄，忽像想起什么事似的，她走到屋里把所捡底树叶拿出来，对父亲说：“爸爸吸这一枝吧，这比方才那枝好得多。”她父亲笑着把叶子接过去，仍教承懽坐在膝上，眼睛望着承歡说：“阿歡你以再婚为是么？”他底女儿自然不能回答，也不敢回答这重要的问题。她只默默地望着父亲两只灵活的眼睛，好像要听那两点微光底回答一样。那回答的声音果如从父亲底眼光中发出来——他凝神瞧着承歡说："我想你也不以为然。一个女人再醮，若是人家要轻看她；一个男子续娶，难道就不应当受轻视吗？所以当时凡有劝我续弦的，都被我拒绝了。我想你们没有母亲虽是可哀，然而有一个后娘更是不幸的。"

门前底海潮音，后园底蟋蟀声，加上檐牙底铁马，和树上底夜啼鸟，这几种声音直像强盗一样，要从门缝窗隙间闯进来捣乱他们底夜谈。那两个女孩子虽不理会，关怀底心却被它们抢掠去了。他底眼睛注视着窗外那似树如山的黑影；耳中听着那钟铮铮铛铛、嘶嘶嘶嘶、汩汩湲湲的杂响；口里说："我一听见铁马的音响，就回想到你妈妈做新娘时，在洞房里走着，那脚钏铃铛的声音。那声音虽有大小的分别，风味却差不多。"

他把射到窗外底目光移到承歡身上，说："你妈妈姓山，所以我在日间或夜间偶然瞧见尖锥形的东西就想着山，就想着她。在我心目中底感觉，她实在没死，不过是怕遇见更大的羞耻，所以躲藏着；但在人静底时候，她仍是和我在一处的。她来底时候，也去瞧你们，也和你们谈话，只是你们都像不大认识她一样，有时还不瞅睬她。"承懽说："妈妈一定是在我们睡熟时候来底，若是我醒时，断没有不瞅睬她底道理。”那老人家抚着这幼女的背说：“是的。你妈妈常夸奖你说你聪明，喜欢和她谈话，不像你姊姊越大就越发和她生疏起来。”承歡知道这话是父亲造出来教妹妹喜欢的，所以她笑着说：“我心里何尝不时刻惦念着妈妈呢？但她一来到，我怎么就不知道，这真是怪事！”

关怀对着承歡说：“你和你妈妈离别时年纪还小，也许记不清她底模样；可是你须知道不论要认识什么物体都不能以外貌为准的，何况人面是最容易变化的呢？你要认识一个人，就得在他底声音容貌之外找寻，这形体不过是生命中极短促的一段罢了。树木在春天发出花叶，夏天结了果子，一到秋冬，花、叶、果子多半失掉了；但是你能说没有花、叶底就不是树木么？池中底蝌蚪，渐渐长大成为一只虾蟆，你能说蝌蚪不是小虾蟆么？无情的东西变得慢，有情的东西变得快。故此，我常以你妈妈底坟墓为她底变化身：我觉得她的身体已经比我长得大，比我长得坚强；她底声音，她底容貌，是遍一切处的。我到她的坟上，不是盼望她那卧在土中底肉身从墓碑上挺起来；我瞧她底身体就是那个坟墓，我对着那墓碑就和在这屋对你们说话一样。”

承懽说：“哦，原来妈妈不是死，是变化了。爸爸，你那么爱妈妈，但她在这变化底时节，也知道你是疼爱她的么？”

“她一定知道底。”

承懽说：“我每到爸爸屋里，对着妈妈的造像叫唤、抚摩，有时还敲打她几下。爸爸，若是那像真是妈妈，她肯让我这样抚摩和敲打么？她也能疼爱我，像你疼我一样么？”

关怀回答说：“一定很喜欢。你妈妈连我这么高大，她还十分疼爱，何况你是一个聪明伶俐的小孩子！妈妈的疼爱比爸爸大得多。你睡觉底时候，爸爸只能给你垫枕，盖被；若是妈妈，一定要将她那只滑腻而温暖的手臂给你枕着；还要搂着你，教你不惊不慌地安睡在她怀里。你吃饭底时候，爸爸只能给你预备小碗，小盘；若是妈妈，一定要把她那软和而常摇动的膝头给你做凳子；还要亲手递好吃的东西到你口里。你所穿底衣服，爸爸只能为你买些时式的和贵重的；若是妈妈，一定要常常给你换新样式，她要亲自剪裁，亲自刺绣，要用最好看的颜色——就是你最喜欢底颜色——给你做上。妈妈的疼爱实在比爸爸的大得多！”

承懽坐在父亲膝上，一听完这段话，她底身体底跳荡好像骑在马上一样。她一面摇着身子，一面拍着自己两只小腿，说：“真的吗？她为何不对我这样做呢？爸爸，快叫妈妈从坟里出来罢。何必为着这蒙羞的土地就藏起来，不教她亲爱的女儿和她相会呢？从前我以为妈妈底脾气老是那个样子：两只眼睛瞧着人，许久也不转一下；和她说话也不答应；要送东西给她，她两只手又不知道往那里去，也不会伸出来接一接，所以我想她一定是不懂人情底。现在我就知道她不是无知的。爸爸，你为我到坟里把妈妈请出来吧；不然，你就把前头那扇石门挪开，让我进去找她。爸爸曾说她在晚间常来，待一会，她会来么？”

关怀把她亲了一下，说：“好孩子，你方才不是说你曾叫过她、摩过她，有时还敲打她么？她现在已经变成那个样子，纵使你到坟墓里去找她也是找不着底。她常在我屋里，常在那里（他指着屋角那石像），常在你心里，常在你姊姊心里，常在我心里。你和她说话或送东西给她时，她虽像不理你，其实她疼爱你，已经领受你底敬意。你若常常到她面前，用你底孝心，你底诚意供献给她，日子久了，她心喜欢让你见着她底容貌。他要用妩媚的眼睛瞧着你，要开口对你发言，她那坚硬而白的皮肤要化为柔软娇嫩，好像你底身体一样。待一会，她一定来，可是不让你瞧见她，因为她先要瞧瞧你对于她的爱心怎样，然后叫你瞧见她。”

承歡也随着对妹妹证明说：“是，我像你那么大的时候，也很愿意见妈妈一面。后来我照着爸爸底话去做，果然妈妈从石像座儿走下来，搂着我和我谈话，好像现在爸爸搂着你和你谈话一样。”

承懽把右手的食指含在口里，一双伶俐的小眼射在地上，不歇地转动，好像了悟什么事体，还有所发明似的。她抬头对父亲说：“哦，爸爸，我明白了。以后我一定要格外地尊敬妈妈那座造像，盼望她也能下来和我谈话。爸爸，比如我用尽我的孝敬心来服事她，她准能知道么？”

“她一定知道底。”

“那么，方才所捡那些叶子，若是我好好地把它们藏起来，一心供养着，将来它们一定也会变成活的海星、瓦楞子或翻车鱼了。”关怀听了，莫名其妙。承歡就说：“方才妹妹捡了一大堆的干叶子，内中有些像鱼的，有些像螺贝的，她问的是那些东西。”关怀说：“哦，也许会，也许会。”承懽要立刻跳下来，把那些叶子搬来给父亲瞧，但她底父亲说：“你先别拿出来，明天我才教给你保存他们底方法。”

关怀生怕他底爱女晚间说话过度，在睡眠时作梦，就劝承懽说：“你该去睡觉啦。我和你到屋里去罢。明早起来，我再给你说些好听的故事。”承懽说：“不，我不。爸爸还没有说完呢，我要听完了才睡。”关怀说：“妈妈的事长着呢，若是要说，一年也说不完，明天晚上再接下去说吧。”

那小女孩于是从父亲膝上跳下来，拉着父亲的手，说：“我先要到爸爸屋里瞧瞧那个妈妈。”关怀就和她进去。

他把女儿安顿好，等她睡熟，才回到自己屋里。他把外衣脱下，手里拿着那个叆叇囊，和腰间的玉佩把玩得不忍撒手，料想那些东西一定和他底亡妻关山恒媚很有关系。他们底恩爱公案必定要在临睡前复讯一次。他走到石像前，不歇用手去摩弄那坚实而无知的物体，且说：“多谢你为我留下这两个女孩，教我的晚景不至过于惨淡。不晓得我这残年要到什么时候才可以过去，速速地和你同住在一处。唉！你底女儿是不忍离开我的，要她们成人，总得在我们再会之后。我现在正浸在亲的情爱中，实在难以解决要怎样经过这衰弱的残年，你能为我和从你身体分化出来的女儿们打算么？”

他静静地站在那里，好像很注意听着那石像底回答。可是那用手造底东西怎样发出她底意思，我们的耳根太钝，实在不能听出什么话来。

他站了许久，回头瞧见承欢还在北边的厅里编织花篮，两只手不停地动来动去，口里还低唱着她底工夫歌。他从窗门对女儿说：“我儿，时候不早了，明天再编罢。今晚上妹妹话说得过多，恐怕不能好好地睡，你得留神一点。”承欢答应一声，就把那个未做成的篮子搁起来，把那盏小油灯拿着到自己屋里去了。

灯光被承歡带去以后，满屋都被黑暗充塞着。秋萤一只两只地飞入关怀的卧房，有时歇在石像上头。那光的闪烁，可使关山恒媚的脸对着她的爱者发出一度一度的流盼和微笑。但是从外边来的，还有汩稳的海潮音，嘶悉（注意：此处为口字旁＋悉字，电脑打不出来）的蟋蟀声，铮铛的铁马响，那可以说是关山恒媚为这位老鳏夫唱的催眠歌曲。

初刊 1921 年 7 月 10 日《小说月报》第 12 卷第 7 期；选自《缀网劳蛛》，商务印书馆 1928 年第 3 版。

辑二 散文

1939年，许地山全家合影

空山灵雨

弁 言

生本不乐，能够使人觉得稍微安适的，只有躺在床上那几小时，但要在那短促的时间中希冀极乐，也是不可能的事。

自入世以来，屡遭变难，四方流离，未尝宽怀就枕。在睡不着时，将心中似忆似想的事，随感随记；在睡着时，偶得趾离过爱，引领我到回忆之乡，过那游离的日子，更不得不随醒随记。积时累日，成此小册。以其杂沓纷纭，毫无线索，故名《空山灵雨》。

十一年一月二十五日落华生

据《空山灵雨》，商务印书馆 1925 年版。

蛇

在高可触天底桄榔树下，我坐在一条石凳上，动也不动一下。穿彩衣底蛇也蟠在树根上，动也不动一下。多会让我看见他，我就害怕得很，飞也似地离开那里，蛇也和飞箭一样，射入蔓草中了。

我回来，告诉妻子说：“今儿险些不能再见你的面！”

“什么原故？”

“我在树林见了一条毒蛇：一看见他，我就速速跑回来；蛇也逃走了。……到底是我怕他，还是他怕我？”

妻子说：“若你不走，谁也不怕谁。在你眼中，他是毒蛇；在他眼中，你比他更毒呢。”

但我心里想着，要两方互相惧怕，才有和平。若有一方大胆一点，不是他伤了我，便是我伤了他。

一九二二年四月

三 迁

花嫂子着了魔了！她只有一个孩子，舍不得教他入学。她说："阿同底父亲是因为念书念死的。"

阿同整天在街上和他底小伙伴玩：城市中应有的游戏，他们都玩过。他们最喜欢学警察、人犯、老爷、财主、乞丐。阿同常要做人犯，被人用绳子捆起来，带到老爷跟前挨打。

一天，给花嫂子看见了，说："这还了得！孩子要学坏了。我得找地方搬家。"

她带着孩子到村庄里住。孩子整天在阡陌间和他底小伙伴玩：村庄里应有的游戏，他们都玩过。他们最喜欢做牛、马、牧童、肥猪、公鸡。阿同常要做牛，被人牵着骑着，鞭着他学耕田。

一天，又给花嫂子看见了，就说："这还了得！孩子要变畜生了。我得找地方搬家。"

她带孩子到深山底洞里住。孩子整天在悬崖断谷间和他底小伙伴玩。他底小伙伴就是小生番、小弥猴、大鹿、长尾三娘、大蛱蝶。他最爱学鹿底跳跃，猕猴底攀缘，蛱蝶底飞舞。

有一天，阿同从悬崖上飞下去了。他底同伴小生番来给花嫂子报信，花嫂子说：“他飞下去么？那么，他就有本领了。”

呀，花嫂子疯了！

香

妻子说："良人，你不是爱闻香么？我曾托人到鹿港去买上好的沉香线；现在已经寄到了。"她说着，便抽出妆台底抽屉，取了一条沉香线，燃着，再插在小宣炉中。

我说："在香烟绕缭之中，得有清淡。给我说一个生番的故事罢。不然，就给我谈佛。"

妻子说："生番故事，太野了。佛更不必说，我也不会说。"

"你就随便说些你所知道底罢，横竖我们都不大懂得；你且说，什么是佛法罢。"

"佛法么？——色，——声，——香，——味，——触，——造作，——思维，都是佛法；惟有爱闻香底爱不是佛法。"

"你又矛盾了！这是什么因明？"

"不明白么？因为你一爱，便成为你底嗜好；那香在你闻觉中，便不是本然的香了。"

一九二二年四月

愿

南普陀寺里的大石，雨后稍微觉得干净，不过绿苔多长一些。天涯底淡霞好像给我们一个天晴底信。树林里底虹气，被阳光分成七色。树上，雄虫求雌底声，凄凉得使人不忍听下去。妻子坐在石上，见我来，就问："你从哪里来？我等你许久了。"

"我领着孩子们到海边捡贝壳咧。阿琼检着一个破贝，虽不完全，里面却像藏着珠子底样子。等他来到，我教他拿出来给你看一看。"

"在这树荫底下坐着，真舒服呀！我们天天到这里来，多么好呢！"

妻说："你哪里能够？……"

"为什么不能？"

"你应当作荫，不应当受荫。"

"你愿我作这样底荫么？"

"这样底荫算什么！我愿你作无边宝华盖，能普荫一切世间诸有情。愿你为如意净明珠，能普照一切世间诸有情。愿你为降魔金刚杵，能破坏一切世间诸障碍。愿你为多宝盂兰盆，能盛百味，滋养一切世间诸饥渴者。愿你有六手，十二手，百手，千万手，无量数那由他如意手，能成全一切世间等等美善事。”

我说：“极善，极妙！但我愿做调味底精盐，渗入等等食品中，把自己底形骸融散，且回复当时在海里底面目，使一切有情得尝咸味，而不见盐体。”

妻子说：“只有调味，就能使一切有情都满足吗？”

我说：“盐的功用，若只在调味，那就不配称为盐了。”

山响

群峰彼此谈得呼呼地响。他们底话语，给我猜着了。

这一峰说：“我们底衣服旧了，该换一换啦。”

那一峰说：“且慢罢，你看，我这衣服好容易从灰白色变成青绿色，又从青绿色变成珊瑚色和黄金色，——质虽是旧的，可是形色还不旧。我们多穿一会罢。”

正在商量底时候，它们身上穿底，都出声哀求说：“饶了我们，让我歇歇罢。我们底形态都变尽了，再不能为你们争体面了。”

“去罢，去罢，不穿你们也算不得什么。横竖不久我们又有新的穿。”群峰都出着气这样说。说完之后，那红的、黄的彩衣就陆续褪下来。

我们都是天衣，那不可思议的灵，不晓得甚时要把我们穿着得非常破烂，才把我们收入天橱。愿他多用一点气力，及时用我们，使我们得以早早休息。

信仰底哀伤

在更阑人静底时候，伦文就要到池边对他心里所立底乐神请求说："我怎能得着天才呢？我底天才缺乏了，我要表现的，也不能尽地表现了！天才可以像油那样，日日添注入我这盏小灯么？若是能，求你为我，注入些少。"

"我已经为你注入了。"

伦先生听见这句话，便放心回到自己底屋里。他舍不得睡，提起乐器来，一口气就制成一曲。自己奏了又奏，觉得满意，才含着笑，到卧室去。

第二天早晨，他还没有盥漱，便又把昨晚上底作品奏过几遍；随即封好，教人邮到歌剧场去。

他底作品一发表出来，许多批评随着在报上登载八九天。那些批评都很恭维他；说他是这一派，那一派。可是他又苦起来了！

在深夜底时候，他又到池边去，垂头丧气地对着池水，从口中发出颤声说："我所用底音节，不能达我底意思么？呀，我底天才丢失了！再给我注入一点罢。"

"我已经为你注入了。"

他屡次求，心中只听得这句回答。每一作品发表出来，所得底批评，每每使他忧郁不乐。最后，他把乐器摔碎了，说："我信我底天才丢了，我不再作曲子了。唉，我所依赖底，枉费你眷顾我了。"

自此以后，社会上再不能享受他底作品；他也不晓得往那里去了。

暗 途

"我底朋友，且等一等，待我为你点着灯，才走。"

吾威听见他底朋友这样说，便笑道："哈哈，均哥，你以我为女人么？女人在夜间走路才要用火；男子，又何必呢？不用张罗，我空手回去罢，——省得以后还要给你送灯回来。"

吾威底村庄和均哥所住底地方隔着几重山，路途崎岖得很厉害。若是夜间要走那条路，无论是谁，都得带灯。所以均哥一定不让他暗中摸索回去。

均哥说："你还是带灯好。这样底天气，又没有一点月影，在山中，难保没有危险。"

吾威说："若想起危险，我就回去不成了。……"

"那么，你今晚上就住在我这里，如何？"

"不，我总得回去，因为我底父亲和妻子都在那边等着我呢。"

"你这个人，太过执拗了。没有灯，怎么去呢？"均哥一面说，一面把点着底灯切切地递给他；他仍是坚辞不受。

他说："若是你定要叫我带着灯走，那教我更不敢走。"

"怎么呢？"

“满山都没有光，若是我提着灯走，也不过是照得三两步远；且要累得满山底昆虫都不安。若凑巧遇见长蛇也冲着火光走来，可又怎办呢？再说，这一点的光可以把那照不着底地方越显得危险，越能使我害怕。在半途中，灯一熄灭，那就更不好办了。不如我空着手走，初时虽觉得有些妨碍，不多一会，什么都可以在幽暗中辨别一点。”

他说完，就出门。均哥还把灯提在手里，眼看着他向密林中那条小路穿进去，才摇摇头说：“天下竟有这样怪人！”

吾威在暗途中走着，耳边虽常听见飞虫、野兽底声音，然而他一点害怕也没有。在蔓草中，时常飞些萤火出来，光虽不大，可也够了。他自己说：“这是均哥想不到，也是他所不能为我点底灯。”

那晚上他没有跌倒；也没有遇见毒虫野兽；安然地到他家里。

爱就是刑罚

“这什么时候了，还埋头在案上写什么？快同我到海边去走走罢。”

丈夫尽管写着，没站起来，也没抬头对他妻子行个“注目笑”底礼。妻子跑到身边，要抢掉他手里底笔，他才说：“对不起，你自己去罢。船，明天一早就要开，今晚上我得把这几封信赶出来；十点钟还要送到船里底邮箱去。”

“我要人伴着我到海边去。”

“请七姨子陪你去。”

“七妹子说我嫁了，应当和你同行；她和别的同学先去了。我要你同我去。”

“我实在对不起你，今晚不能随你出去。”他们争执了许久，结果还是妻子独自出去。

丈夫低着头忙他底事体，足有四点钟工夫。那时已经十一点了，他没有进去看看那新婚底妻子回来了没有，披起大衣大踏步地出门去。

他回来，还到书房里检点一切，才进入卧房。妻子已先睡了。他们底约法：睡迟底人得亲过先睡者底嘴才许上床。所以这位少年走到床前，依法亲了妻子一下。妻子急用手在唇边来回擦了几下。那意思是表明她不受这个接吻。

丈夫不敢上床，呆呆地站在一边。一会，他走到窗前，两手支着下颔，点点底泪滴在窗棂上。他说："我从来没受过这样刑罚！……你底爱，到底在哪里？"

"你说爱我，方才为什么又刑罚我，使我孤另？"妻子说完，随即起来，安慰他说："好人，不要当真，我和你闹玩哪。爱就是刑罚，我们能免掉么？"

债

他一向就住在妻子家里，因为他除妻子以外，没有别的亲戚。妻家底人爱他底聪明，也怜他底伶仃，所以万事都尊重他。

他底妻子早已去世，膝下又没有子女。他的生活就是念书、写字，有时还弹弹七弦。他决不是一个书呆子，因为他常要在书内求理解，不像书呆子只求多念。

妻子底家里有很大的花园供他游玩；有许多奴仆听他使令。但他从没有特意到园里游玩；也没有呼唤过一个仆人。

在一个阴郁的天气里，人无论在什么地方都不舒服底。岳母叫他到屋里闲谈，不晓得为什么缘故就劝起他来。岳母说：“我觉得自从俪儿去世以后，你就比前格外客气。我劝你毋须如此，因为外人不知道都要怪我。看你穿成这样，还不如家里的仆人，若有生人来到，叫我怎样过得去？偿或有人欺负你，说你这长那短，尽可以告诉我，我责罚他给你看。”

“我那里懂得客气？不过我只觉得我欠底债太多，不好意思多要什么。”

“什么债？有人问你算账么？唉，你太过见外了！我看你和自己底子侄一样，你短了什么，尽管问管家底要去；若有人敢说闲话，我定不饶他。”

“我所欠底是一切的债。我看见许多贫乏人、愁苦人，就如该了他们无量数的债一般。我有好的衣食，总想先偿还他们。世间若有一个人吃不饱足，穿不暖和，住不舒服，我也不敢公然独享这具足的生活。”

“你说得太玄了！”她说过这话，停了半晌才接着点头说：“很好，这才是读书人‘先天下之忧而忧’底精神。……然而你要什么时候才还得清呢？你有清还底计画没有？”

“唔……唔……”他心里从来没有想到这个，所以不能回答。

“好孩子，这样的债，自来就没有人能还得清，你何必自寻苦恼？我想，你还是做一个小小的债主罢。说到具足生活，也是没有涯岸底：我们今日所谓具足，焉知不是明日底缺陷？你多念一点书就知道生命即是缺陷底苗圃，是烦恼底秧田；若要补修缺陷，拔除烦恼，除弃绝生命外，没有别条道路。然而，我们那能办得到？个个人都那么怕死！你不要做这种非非想，还是顺着境遇做人去罢。”

“时间，……计画，……做人……”这几个字从岳母口里发出，他底耳鼓就如受了极猛烈的椎击。他想来想去，已想昏了。他为解决这事，好几天没有出来。

那天早晨，女佣端粥到他房里，没见他，心中非常疑惑。因为早晨，他没有什么地方可去：海边呢？他是不轻易到底。花园呢？他更不愿意在早晨去。因为丫头们都在那个时候到园里争摘好花去献给她们几位姑娘。他最怕见底是人家毁坏现成的东西。

女佣四围一望，蓦地看见一封信被留针刺在门上。她忙取下来，给别人一看，原来是给老夫人底。

她把信拆开，递给老夫人。上面写着：

亲爱的岳母：

你问我底话，教我实在想不出好回答。而且，因你这一问，使我越发觉得我所负底债更重。我想做人若不能还债，就得避债，决不能教债主把他揪住，使他受苦。若论还债，依我底力量、才能，是不济事底。我得出去找几个帮忙底人。如果不能找着，再想法子。现在我去了，多谢你栽培我这么些年。我底前途，望你记念；我底往事，愿你忘却。我也要时时祝你平安。

婿容融留字

老夫人念完这信，就非常愁闷。以后，每想起她底女婿，便好几天不高兴。但不高兴尽管不高兴，女婿至终没有回来。

荼蘼

我常得着男子送给我底东西，总没有当他们做宝贝看。我底朋友师松却不如此，因为她从不曾受过男子底赠与。

白鸣钟敲过四下以后，山上礼拜寺底聚会就完了。男男女女像出圈底羊，急要下到山坡觅食一般。那边有一个男学生跟着我们走，他底正名字我忘记了，我只记得人家都叫他做“宗之”。他手里拿着一枝荼蘼，且行且嗅。荼蘼本不是香花，他嗅着，不过是一种无聊举动便了。

“松姑娘，这枝荼蘼送给你。”他在我们后面嚷着。松姑娘回头看见他满脸堆着笑容递着那花，就速速伸手去接。她接着说：“很多谢，很多谢。”宗之只笑着点点头，随即从西边底山径转回家去。

“他给我这个，是什么意思？”

“你想他有什么意思，他就有什么意思。”我这样回答她。走不多远，我们也分途各自家去了。

她自下午到晚上不歇把弄那枝荼蘼。那花像有极大的魔力，不让她撒手一样。她要放下时，每觉得花儿对她说：“为什么离夺我？我不是从宗之手里递给你，交你照管底吗？”

呀，宗之底眼、鼻、口、齿、手、足、动作，没有一件不在花心跳跃着，没有一件不在她眼前底花枝显现出来！她心里说："你这美男子，为甚缘故送给我这花儿？"她又想起那天经坛上底讲章，就自己回答说："因为他顾念他使女底卑微，从今而后，万代要称我为有福。"

这是她爱荼蘼花，还是宗之爱她呢？我也说不清，只记得有一天我和宗之正坐在榕根谈话底时候，他家底人跑来对他说："松姑娘吃了一朵什么花，说是你给她底，现在病了。她家底人要找你去问话咧。"

他吓了一跳，也摸不着头脑，只说："我那时节给她东西吃？这真是……"

我说："你细想一想。"他怎么也想不起来。我才提醒他说："你前个月在斜道上不是给了她一朵荼蘼吗？"

"对呀，可不是给了她一朵荼蘼！可是我那里教她吃了呢？"

"为什么你单给她，不给别人？"我这样问他。

他很直截地说："我并没有什么意思，不过随手摘下，随手送给别人就是了。我平素送了许多东西给人，也没有什么事；怎么一朵小小的荼蘼就可使她着了魔？"

他还坐在那里沉吟，我便促他说："你还能在这里坐着么？不管她是误会，你是有意，你既然给了她，现在就得去看她一看才是。”

“我那有什么意思？”

我说：“你且去看看罢。蚌蛤何尝立志要生珠子呢？也不过是外间的沙粒偶然渗入他底壳里，他就不得不用尽工夫分泌些黏液把那小沙裹起来罢了。你虽无心，可是你底花一到她手里，管保她不因花而爱起你来吗？你敢保她不把那花当做你所赐给爱底标识，就纳入她底怀中，用心里无限底情思把他围绕得非常严密吗？也许她本无心，但因为你那美意底沙无意中掉在她爱底贝壳里，使她不得不如此。不用踌躇了，且去看看罢。”

宗之这才站起来，绉一绉他那副冷静的脸庞，跟着来人从林菁底深处走出去了。

公理战胜

那晚上要举行战胜纪念第一次底典礼，不曾尝过战苦底人们争着要尝一尝战后底甘味。市场前头底人，未到七点钟，早就挤满了。

那边一个声音说："你也来了！你可是为庆贺公理战胜来底？"这边随着回答道："我只来瞧热闹，管他公理战胜不战胜。"

在我耳边恍惚有一个说话带乡下土腔底说："一个洋皇上生日倒比什么都热闹！"

我底朋友笑了。

我郑重地对他说："你听这愚拙底话，倒很入理。"

"我也信——若说战神是洋皇帝底话。"

人声，乐声，枪声，和等等杂响混在一处，几乎把我们底耳鼓震裂了。我底朋友说："你看，那边预备放烟花了，我们过去看看罢。"

我们远远站着，看那红黄蓝白诸色火花次第地冒上来。"这真好，这真好！"许多人都是这样颂扬。但这是不是颂扬公理战胜？

旁边有一个人说："你这灿烂的烟花，何尝不是地狱底火焰？若是真有个地狱，我想其中底火焰也是这般好看。”

我底朋友低声对我说：“对呀，这烟花岂不是从纪念战死底人而来底？战死底苦我们没有尝到，由战死而显出来底地狱火焰我们倒看见了。”

我说：“所以我们今晚的来，不是要趁热闹，乃是要凭吊那班愚昧可怜的牺牲者。”

谈论尽管谈论，烟花还是一样地放。我们底声音常是沦没在腾沸的人海里。

落花生

我们屋后有半亩隙地。母亲说："让他荒芜着怪可惜，既然你们那么爱吃花生，就辟来做花生园罢。"我们几姊弟和几个小丫头都很喜欢——买种底买种，动土底动土，灌园底灌园；过不了几个月，居然收获了！

妈妈说："今晚我们可以做一个收获节，也请你们爹爹来尝尝我们底新花生，如何？"我们都答应了。母亲把花生做成好几样底食品，还吩咐这节期要在园里底茅亭举行。

那晚上底天色不大好，可是爹爹也到来，实在很难得！爹爹说："你们爱吃花生么？"

我们都争着答应："爱！"

"谁能把花生底好处说出来？"

姊姊说："花生底气味很美。"

哥哥说："花生可以制油。"

我说："无论何等人都可以用贱价买他来吃；都喜欢吃他。这就是他底好处。"

爹爹说："花生底用处固然很多；但有一样是很可贵底。这小小的豆不像那好看的苹果、桃子、石榴，把他们底果实悬在枝上，鲜红嫩绿的颜色，令人一望而发生羡慕底心。

他只把果子埋在地底，等到成熟，才容人把他挖出来。你们偶然看见一棵花生瑟缩地长在地上，不能立刻辨出他有没有果实，非得等到你接触他才能知道。”

我们都说：“是的。”母亲也点点头。爹爹接下去说：“所以你们要像花生，因为他是有用的，不是伟大、好看的东西。”我说：“那么，人要做有用的人，不要做伟大、体面底人了。”爹爹说：“这是我对于你们底希望。”

我们谈到夜阑才散，所有花生食品虽然没有了，然而父亲底话现在还印在我心版上。

无法投递之邮件

弁　言

有话说不出是苦；说出来没有人听，更苦。有信不能投递是不幸；递而递不到，更不幸。这样的苦与不幸，稍有人间经验底人没有一个不尝过。

一个惯在巴黎歌剧场鉴赏歌舞底人到北京底茶园去听昆曲，也许会捧腹大笑，说“这是什么音乐？”这样的人，我们可以说他不懂昆曲。一只百灵在笼内嘤鸣，养它底主人虽然听不懂它底意思，却也能羡赏它底声音，或误会它，以为它向着自己献媚。一只蜩蝉藏在阴森的丛叶底下，不断地长鸣，也是为求它底伴侣，可是有时把声音叫嘶了，还是求不着。在笼里底鸟不能因为自己不自由，或被人误会而不唱。在叶底底蝉不能因求伴不得而不叫唤。说话与写信也是如此。听不懂，看不懂，未必不能再说、再写。至若辞不达意，而读者能够理会，就更可以写；辞能达意，明知读者要误会，亦不能不写。写在我，读在人，理会与误会，我可以不管。投在我，递在人，有法投递与无法投递，我也可以不管。只要写了，投了，我心就安慰而满足了。只要我底情意表示出来，虽递不到，我也算它递到了。

十六年十一月落华生自叙于面壁斋

给诵幼

不能投递之情形——地址不明，退发信人写明再递。

诵幼，我许久没见你了。我近来患失眠症。梦魂呢，又常困在躯壳里，飞不到你身边，心急得很。但世间事本无容人着急底余地，越着急越不能到；我只得听其自然罢了。你总不来我这里，也许你怪我那天藏起来，没有出来帮你忙底缘故。呀，诵幼，若你因那事怪了我，可就冤枉极了！我在那时，全身已泡在烦恼的海中，自救尚且不暇，何能顾你？今天接定慧底信，说你已经被释放了，我实在欢喜得狠！诵幼，此后需要小心和男子相往来。你们女子常说“男子坏的狠多”，这话诚然不错。但我以为男子底坏，并非他生来就是如此，是跟女子学来底。诵幼，我说这话，请你不要怪我。你底事且不提，我拿文锦底事来说罢。他对于尚素本来是狠诚实的，但尚素要将她和文锦底交情变为更亲密的交情，故不得不胡乱献些殷勤。女人的殷勤，就是使男子变坏的砒石哟！我并不是说女子对于男子要狠森严，冷酷，像怀霄待人一样；不过说没有智慧的殷勤是危险的罢了。

我盼望你今后的景况像湖心底白鹄一样。

给贞蕤

不能投递之原因——此人已离广州。

自走马营一别，至今未得你底消息。知道你底生活和行脚僧一样，所以没有破旅愁底书信给你念。昨天从天秔处听见你底近况，且知道你现在住在这里，不由得我不写这几句话给你。

我底朋友，你想北极底冰洋上能够长出花菖蒲，或开得像亚马逊河边底王莲来么？我劝你就回家去罢。放着你清凉而恬淡的生活不享；飘零着找那不知心的知心人，为何自找这等刑罚？纵说是你当时得罪了他，要找着他向他谢罪，可是罪过你已认了，那温润不挠、如玉一般的情好岂能弥补得毫无瑕疵？

我底朋友，我常想着我曾用过一管笔，有一天无意中把笔尖误烧了（因为我要学篆书，听人说烧尖了好写），就不能再用它。但我狠爱那笔，用尽许多法子，也补救不来；就是拿去找笔匠，也不能出什么主意，只是教我再换过一管罢了。我对于那天天接触底小宝贝，虽舍不得扔掉，也不能不把它藏在笔囊里。人情虽不能像这样换法，然而，我们若在不能换之中，姑且当做能换，也就安慰多了。你有心牺牲你底命运，他却无意成就你底愿望，你又何必！我劝你早一点回去罢，看你年少的容貌快要从镜中逃走：在你背后的黑影快要闯入你底身里，把你青春一切活泼的风度赶走，把你光艳的躯壳夺去了。

我再三叮咛你，不知心的知心人，纵然找着了，只是加增懊恼，毫无用处底。

给小峦

不能投递之情形——此人已入疯人院。

绿绮湖边底夜谈，是我们所不能忘掉底。但是，小峦，我要告诉你，迷生决不能和我一样，常常惦念着你，因为他底心多用在那恋爱底遗骸上头。你不是教我探究他底意思吗？我昨天一早到他那里去，在一件事情上，使我理会他还是一个爱底坟墓底守护者。若是你愿意听这段故事，我就可以告诉你。

我一进门时，他垂着头好像狠悲伤的样子，便问："迷生，你又想什么来？"他叹了一声才说："她织给我底领带坏了！我身边再也没有她的遗物了！人丢了，她底东西也要陆续地跟着她走，真是难解！"我说："是的，太阳也有破坏底日子，何况一件小小东西，你不许它坏，成么？"

"为什么不成！若是我不用它，就可以保全它，然而我怎能不用？我一用她给我留下底器用，就藉那些东西要和她交通，且要得着无量安慰。"他低垂的视线牵着手里底旧领带，接着说："唉，现在她底手泽都完了！"

小峦，你想他这样还能把你惦记在心里么？你太轻于自信了。我不是使你失望，我狠了解他，也了解你，你们固然是亲戚，但我要提醒你，除疏淡的友谊外，不要多走一步。因为，凡最终的地方，都是在对岸那狠高、狠远、狠暗，且不能用平常舟车达到底。你和迷生的事，据我现在底观察，纵使蜘蛛底丝能够织成帆，蜣螂底甲能够装成船，也不能渡你过第一步要过底心意底癀洋。你不要再发痴了！还是回向莲台，拜你那低头不语底偶像好。你常说我给麻醉剂你服，不错的！若是我给一毫一厘的兴奋剂你服，恐怕你要起不来了。

给爽君夫妇

不能投递之情形——爽君逃了！不知去向。

你的问题，实在是时代的问题，我不是先知，也不能说出其中底秘奥。但我可以把几位朋友所说底话介绍给你知道，你定然是狠乐意地念一念。

我有一位朋友说："要双方发生误解，才有爱情。"他底意思以为相互的误解是爱情底基础。若有一方面了解，一方面误解，爱也无从悬挂底。若两方面都互相了解，只能发生更好的友谊罢了。爱情底发生，因为我不知道你是怎么一回事，你不知道我是怎么一回事才有底。多会彼此都知道狠透彻，那时便是爱情底老死期到了。

又有一位朋友说："爱情是彼此帮助：凡事不顾自己，只顾人。"这句话，据我看来，未免广泛一点。我想你也知道其中不尽然底地方。

又有一位朋友说："能够把自己的人格忘了，去求两方更高的共同人格，便是爱情。"他以为爱情是无我相底，有"我"底执着便不能爱，所以要把人格丢掉；然而人格在人间生活底期间内是不能抛弃底，为这缘故，就不能不再找一个比自己人格更高尚的东西。他说这要找底便是共同人格。两方因为再找一个共同人格，在某一点上相遇了，便连合起来，成为爱情。

此外有许多陈腐而狠新鲜的论调我也不多说了。总之，爱情是非常神秘，而且是一个人一样底。近时的作家每要夸炫说："我是不写爱情小说，不作爱情诗底。"介绍一个作家，也要说："他是不写爱情的文艺的。"我想这就是我们不能了解爱情本体底原因。爱情就是生活，若是一个作家不会描写，或不敢描写，他便不配写其余的文艺。

我自信我是有情人，虽不能知道爱情底神秘，却愿多多地描写爱情生活。我立愿尽此生，能写一篇爱情生活，便写一篇；能写十篇，便写十篇；能写百,千，亿，万篇，便写百,千，亿，万篇。立这悲愿，为底是安慰一般互相误解，不明白的人。你能不骂我是爱情牢狱底广告人么?

这信写来答复爽君。亦雄也可同念。

复诵幼

不能投递之情形——该处并无此人。

“是神造宇宙，造人间，造人，造爱；还是爱造人，造人间，造宇宙，造神”？这实与“是男生女，是女生男”底旧谜一般难决。我总想着人能造底少，而能破底多。同时，这一方面是造，那一方面便是破。世间本没有“无限”。你破璞来造你底玉簪，破贝来造你底珠珥，破木为梁，破石为墙，破蚕，绵，麻，麦，牛，羊，鱼，鳖底生活来造你底日用饮食；乃至破五金来造货币，枪弹，以残害同类，异种底生命；都是破造双成底。要生活就得破。就是你现在的“室家之乐”也从破得来。你破人家亲子之爱来造成你底配偶，又何尝不是破？破是不坏的，不过现代的人还找不出破坏量少而建造量多的一个好方法罢了。

你问我和她底情谊破了不，我要诚实地回答你说：诚然，我们底情谊已经碎为流尘，再也不能复原了。但在清夜中，旧谊底鬼灵曾一度蹑到我记忆底仓库里，悄悄把我伐情的斧——怨恨——拿走。我揭开被褥起来待要追它，它已乘着我眼中底毛轮飞去了。这不易寻觅的鬼灵只留它底踪迹在我底书架上。原来那是伊人底文件！我伸伸腰，揉揉眼，取下来念了又念，伊人底冷面复次显现了。旧的情谊又从字里行间复活起来。相怨后底复和，总解不通从前是怎么一回事，也诉不出其中的甘苦。心面上底青紫惟有用泪洗濯而已。有涩泪可流底人还算不得是悲哀者。所以我还能把壁上底琵琶抱下来弹弹，一破清夜底岑寂。你想我对着这归来底旧好必要弹些高兴的调子。可是我那夜弹来弹去只是一阕《长相忆》，总弹不出《好事近》！奈何，奈何？我理会从记忆底坟里复现底旧谊，多年总有些分别。但玉在她底信里附着几句短词嘲我说：

嘻，说到相怨总是表面事，
心里的好人儿仍是旧相识。
是爱是憎本容不得你做主，
你到底是个爱恋底奴隶！

她嘲我底未免太过。然而那夜底境遇实是我破从前一切情愫所建造底。此后，纵然表面上极淡的交谊也没有，而我们心心底理会仍可以来去自如。

你说爱是神所造，劝我不要拒绝，我本没有拒绝，然而憎也是神所造，我又怎能不承纳呢？我心本如香水海，只任轻浮的慈惠船载着喜爱底花果在上面游荡。至于满载痴石，嗔火底簰筏终要因她底危险和沉重而消没净尽，焚毁净尽。爱憎既不由我自主，那破造更无消说了。因破而造，因造而破，缘因更迭，你哪能说这是好，那是坏？至于我底心迹连我自己也不知道，你又怎能名其奥妙？人到无求，心自清宁，那时，既无所造作，亦无所破坏。我只觉我心还有多少欲念除不掉，自当勇敢地破灭它至于无余。

你，女人，不要和我讲哲学，我不讲哲学。我劝你也不要希望你脑中有百“论”，千“说”，亿万“主义”，那由他“派别”，辩来论去，逃不出鸡子方圆底争执。纵使你能证出鸡子是方的，又将如何？你还是给我讲音乐好。近来造了一阕《暖云烘寒月》琵琶谱，顺抄一份寄给你。这也是破了许多工夫造得来底。

复真龄

不能投递之情形——真龄去国，未留住址。

自与那人相怨后，更觉此生不乐。不过旧时的爱好如洁白的寒鹭三两时间飞来歇在我心中泥泞的枯塘之岸，有时漫涉到将干未干的水中央，还能使那寂静的平面随着她底步履起些微波。

唉，爱姊姊和病弟弟总是孪生的呵！我已经百夜没睡了，我常说，我底爱如香洌的酒，已经被人喝尽了，我哀伤的金罍里只剩些残冰底融液，既不能醉人，又足以冻我齿牙。你试想，一个百夜不眠底人，若渴到极地，就禁得冷饮么？

“为爱恋而去底人终要循着心境底爱迹归来。”我老是这样地颠倒梦想。但两人之中，谁是为爱恋先走开底？我说那人，那人说我。谁也不肯循着谁底爱迹归来。这委是一件胡卢事！玉为这事也和你一样写信来呵责我，她真和她眼中底瞳子一样，不用镜子就照不着自己。所以我给她寄一面小镜去。她说“女人总是要人爱底”，难道男子就不是要人爱底？她当初和球一自相怨后也是一样蒙起各人底面具，相逢直如不相识。他们两个复和，还是我底工夫，我且写给你看。

那天，我知道球要到帝室之林去赏秋叶，就怂恿她与我同去。我远地看见球从溪边走来，借故撇开她，留她在一棵树底下坐着，自己藏在一边静观。人在落叶上走是秘不得底。球底足音，谅她听得着。球走近树边二丈相离底地方也就不往前进了。他也在一根横卧底树根上坐下，抬起枯枝只顾挥拨地上底败叶。她偷偷地看球，不做声，也不到那边去。球底双眼有时也从假意低着底头斜斜地望她。他一望，玉又假做看别的了。谁也不愿意表明谁看着谁来。你知道这是很平常的事。由爱至怨，由怨至于假不相识，由假不相识也许能回到原来的有情境地。我见如此，故意走回来，向她说：“球在那边哪！”她回答：“看见了。”你想这话若多两个字“钦此”，岂不成这娘娘底懿旨？我又大声嚷球。他底回答也是一样的庄严，几乎带上“钦此”二字。我跑去把球揪来，对他们说：“你们彼此相对道道歉，如何？”到底是男子容易劝。球到她跟前说：“我也不知道怎样得罪你。他迫着我向你道歉，我就向你道歉罢。”她望着球，心里愉悦之情早破了她的双颊冲出来。她说：“人为什么不能自主到这步田地？连道个歉也要朋友迫着来。”好了，他们重新说起话来了！

她是要男子爱底，所以我能给她办这事。我是要女人爱底，故毋需去瞅睬那人。我在情谊底道上非常诚实，也没有变动，是那人先离开底。谁离开，谁得循着自己心境底爱迹归来。我哪能长出千万翅膀飞入苍茫里去找她？再者，他们是醉于爱底人，故能一说再合。我又无爱可醉，犯不着去讨当头一棒底冷话。您想是不是？

给怀霄

不能投递之情形——此信遗在道旁，由陈斋夫拾回。

好几次写信给你都从火炉里捎去。我希望当你看见从我信笺上化出来那几缕烟在空中飘扬底时候，我底意见也能同时印入你底网膜。

怀霄，我不愿意写信给你底缘故，因为你只当我是有情的人，不当我是有趣的人。我尝对人说，你是可爱，不过你游戏天地底心比什么都强，人们还够不上爱你。朋友们都说我爱你，连你也是这样想，真是怪事！你想男女得先定其必能相爱，然后互相往来么？好人甚多，怎能对于个个人发生爱恋。我底朋友，在爱底田园中，当然免不了三风四雨。从来没有不变化的天气能教一切花果开得斑烂，结得磊砢底。你连种子还没下，就想得着果实，更是办不到底。我告诉你，真能下雨底云是一声也不响底。不掉点儿底密云，雷电反发射得弥满天地。所以人家底话，不一定就是事实，请你放心。

男子愿意做女人底好伴侣或好朋友，可不愿意当她们底奴才，供她们使令。他愿意帮助她们，可不喜欢奉承谄媚她们。男子就是男子；媚是女人的事。你若把“女王”“女神”底尊号暂时收在镜囊里，一定要得着许多能帮助你底朋友。我知道你底性地很冷酷，你不但不愿意得几位新的好友，或极疏淡的学问之交，连旧的你也要一个一个弃绝掉。嫁了底女朋友和做了官底男相识都是不念旧好底。与他们见面时，常竟如路人。你还未嫁，还未做官，不该施行那样的事情。我不是呵责你，也不是生气。就使你侮辱我到极点，我也不生气。我不过尽我底情劝告你罢了。说到劝告，也是不得已的。这封信也是在万不得已的境遇底下写底。写完了，我还是盼望你收不到。

复少觉

不能投递之情形——受信人地址为墨所污，无法投递。

同年的老弟：我知道怀霄多病，故月来未尝发信问候，恐惹起她底悲怨。她自说："我有心事万缕，总不愿写出，说出；到无可奈何时节，只得由他化作血丝飘出来。"所以她也不写信告诉我她到底是害什么病。我想她现时正躺在病榻上呢。

唉，怀霄的病是难以治好底。一个人最怕有"理想"。理想不但能使人病，且能使人放弃他底性命。她甚至抱着理想的理想，怎能不每日病透二十四小时？她常对我说："有而不完全，宁可不有。"你想"完全"真能在人间找得出来底么？就是遍游亿万尘沙世界；经过庄严劫，星宿劫，也找不着呀！不完全的世界怎能有完全的男子？纵使世间真有一个完全的男子，与她理想的理想一样，那男子对她未必就能起敬爱。罢了！这又是一种渴鹿趋阳焰底事，即令它有千万蹄，每蹄各具千万翅膀，飞跑到旷野尽处，也不能得点滴的水；何况它还盼望得到绿洲来做它底憩息饮食处？朋友们说她是"愚拙的聪明人"，诚然！她真是一个万事伶俐、一事懵懂底女人。她总没想到“完全”是由天魔画空而成，本来无东西，何能捉得住？多才，多艺，多色，多意想底人最容易犯理想病。因为有了这些，魔便乘隙于她心中画等等极乐；饰等等庄严；造等等偶像；使她这本来辛苦底身心更受造作安乐底刑罚，这刑罚，除了世人以为愚拙的人以外，谁也不能免掉。如果她知道这是魔底诡计，她就泅近解脱底岸边了。

“理想”和毒花一样，眼看是美，却摩不得。三家村女也知道开美丽的花底多是毒草，总不敢兴起受用底念头。她偏去采那摩触不得底毒花来做肴馔，可见真正聪明人还数不到她。自求辛螫底人除用自己的泪来调反省底药饵以外，再没有别样灵方。医生说她外表似冷，内里却中了很深的繁花毒。由毒生热恼，恼极成劳，故呕心有血。我早知她底病原在此，只恨没有神变威力，幻作大白香象，到阿耨达池去，吸取些清凉水来与她灌顶，使她表里俱冷。虽然如此，我还尽力向她劝说，希望她自己能调伏她理想底热毒。

我写到这里，接朋友底信说她病得很凶，我得赶紧去看看她。

给琰光

不能投递之情形——琰光南归就婚，嘱所有男女来书均退回。

你在我心中始终是一个生面人，彼此间再也不能有什么微妙深沉的认识了。这也是难怪底。白孔雀和白熊虽是一样清白，而性情底冷暖各不相同，故所住底地方也不一样。我看出来了！你是白熊，只宜徘徊于古冰峭嵘底岩壑间，当然不能与我这白孔雀一同飞翔于缨藤缕缕、繁花树树底森林里。可惜我从前对你所有的意绪，到今日只落得寸断毫分，流离到踪迹都无。我终恨我不是创造者呀！怎么连这刹那等速的情爱时间也做不来了？

我热极了，躺在病床上，只是同冰作伴。你底情愫也和冰一样，我愈热，你愈融，结果只使我戴着一头冷水。就是在手中底，也消融尽了。人间第一痛苦就是无情的人偏会装出多情的模样，有情的倒是箴口束手，无所表示！启芳说我是汎爱者，劳生说我是兼爱者，但我自己却以为我是困爱者。我诚实地对你说，我自己实不敢作，也不能作爱恋业，为困于爱，故镇日颠倒于这甜苦的重围中，不能自行救度。爱底沉沦是一切救主所不能救底。爱底迷茫是一切天人师所不能训诲开示底。爱底刚愎是一切调御丈夫所不能降服底。

病中总希望你来看看我，不想你影儿不露，连信也不来！似游丝的情绪只得因着记忆底风挂搭在西园西篱，晚霞现处。那里站着我儿时曾爱，现在犹爱底邕。她是我这一生第一个女伴，二十四年底别离，我已成年，而心中底邕还是两股小辫垂在绿衫儿上。毕竟是别离好呵。别离的人总不会老的。你不来也就罢了，因为我更喜欢在旧梦中寻找你。

你去年对我说那句话，这四百日中，我未尝忘掉要给你一个解答。你说爱是你底，你要予便予，要夺便夺。又说要得你底爱须付代价。咦，你老脱不掉女人的骄傲！无论是谁，都不能有自己的爱。你未生以前，爱恋早已存在，不过你偷了些少来眩惑人罢了。你到底是个爱底小窃；同时是个爱底典质者。你何尝花了一丝一忽底财宝，或费了一言一动底劳力去索取爱恋，你就想便宜得来，高贵地售出？人间底第二痛苦就是出无等对的代价去买不用劳力得来底爱恋。我实在告诉你，要代价底爱情，我买不起。

焦把纸笔拿到床边，迫着我写你，不得已才写了这一套话。我心里告诉我说，从诚实心表现出来底言语，永不致于得罪人，所以我想上头所说底不会动你底怒。

给憬然三姑

不能投递之情形——本宅并无“憬然三姑”称谓，恐怕是投错了。

我来找你，并不是不知道你已嫁了，怎么你总不敢出来和我叙叙旧话？我一定要认识你底“天”以后才可以见你么？三千里底海山，十二年底隔绝此间：每年，每月，每个时辰，每一念中都盼着要再会你。一踏入你家底大门，我心便摆得如秋千一般，几乎把心房上底大脉振断了。谁知坐了半天，你总不出来！好容易见你出来，客气话说了，又跑去坐在我背后。那时许多人要与我谈话，我怎好意思回过脸去向着你？

合卺酒是女人底孟婆汤，一喝便把儿女旧事都忘了；所以你一见了我，只似曾相识，似怕人知道我们曾相识，两意三心，把旧时的好话都撇在一边。

那一年底深秋，我们同在昌华小榭赏残荷。我底手误触在竹栏边底仙人掌上，竟至流血不止。你从你底镜囊取些粉纸，又拔下两根你香柔而黑甜的头发，为我裹缠伤处。

你记得那时所说底话么？你说：“这头发虽然不如弦底韧，用来缠伤，足能使得，就是用来系爱人底爱也未必不能胜任。”你含羞说出底话真果把我底心系住，可是你底记忆早与我底伤痕一同丧失了。

又是一年底秋天，我们同在屋顶放一只心形纸鸢。你扶着我底肩膀看我把线放尽了。纸鸢腾得很高，因为风力过大，扯得线儿欲断不断。你记得你那时所说底话么？你说：“这也不是‘红线’，容它断了罢。”我说：“你想我舍得把我偷闲做成底‘心’放弃掉么？纵然没有红线，也不能容它流落。”你说：“放掉假心，还有真心呢。”你从我手里把白线夺过去，一撒手，纸鸢便翻了无数的筋斗，带着堕线飞去挂在皇觉寺塔顶，那破心底纤维也许还存在塔上，可是你底记忆早与当时底风一样地不能追寻了。

有一次，我们在流花桥上听鹧鸪，你底白袜子给道旁底曼陀罗花汁染污了。我要你脱下来，让我替你洗净。你记得当时你说什么来？你说：“你不怕人笑话么——岂有男子给女子洗袜子底道理？你忘了我方才栀子花蒂在你掌上写了我底名字么？一到水里，可不把我底名字从你手心洗掉，你怎舍得？”唉，现在你底记忆也和写在我掌上底名字一同消灭了！

真是！合卺酒是女人底孟婆汤，一喝便把儿女旧事都忘了。但一切往事在我心中都如残机底线，线线都相连着，一时还不能断尽。我知道你现在很快活，因为有了许多子女在你膝下。我一想起你，也是和你对着儿女时一样地喜欢。

给伊红

不能投递之情形——欠资，留局多日，受信人不来取。

你还许我用你底旧名称呼你么？我很不愿意你被那无端无绪的人事天时作践了。年前偶过瑞禾旧宅，得了你底死信，心中底悲苦乃如眼见爱人被强盗掳去一般。不想死亡底强盗还没来，你反给虚荣和假情底妖魔哄上了。你今日的身世直如你家门前那个井槛，恁好一块云石，翔凤飞龙底雕纹虽存在，可是当时可实可贵的碑文都剥蚀尽了。到那里汲水底人，谁还知道那曾是一座纪功碑呢？我这些话，你必能了解。

我昨天才知道你们办这事，是早已有了成约底。伊红，你太把自己轻看了！人本不是为知识而生，知识也不是为装饰虚荣而有底。若是你非得到知识不可底话，也得把安全的计画计画出来。怎好草率到这步田地——与人家订了这样沉痛的私约？你看只供给你几年就可以公然占据你；将来的生活实在不堪设想了。我想我应当激动你，叫你知道这不是合理的事。纵使人有无碍的辩才，也不能为你申明，给“你是急于求知，无力支持，因而许人为妾”底原谅话。一个好女子宁可死也不说做人妾，不是妾底制度行不得，是妾当不得。自然你不承认是他底妾，但事实上他是以妾待你，你理会么？我希望你也不要拿什么“主义”来做护符，因为“主义”不能做人品保障。

假使将来的世间没有夫妇底说法，好男女还不致于践踏爱情去换愉快。求知不得，固然是苦，然而苦楚底病绝不是愉快所能医治底。你现在所处底地位想也愉快不得啊。医治苦楚底病，只是不骄傲地寻求真理，服从真理。你常说，一个“君子”或艺术家不是寻求真理，服从真理者，乃是创造真理，指挥真理者；因为真理在他底手里，不是在他底脑里。是的，可惜现在世间容不得许多君子或艺术家；我想以后也不会多容底。因为这世间是平庸人和鉴赏家底世间，你要做指挥者或创造者也不要紧，只不要超过他们心识中所能领会底境界之外。若是他们不能理解，你也无从创造，无从指挥了。现在存在底“真理”已够做人生的桎梏了，你再造作些起来，岂不像个囚犯要为自己加些镣扣么？你自己的事情自然与我无关，但我万不忍见你受多数“平庸人”底侮辱，少数“君子”底赞美。须知要平庸人不咒诅你，才可以减去你底苦痛。在人生底戏台上，我们固然不要做制度底傀儡，但也不要做不负责任底角色。我们底一举一动都与全剧底意义有关系。

复劳生

不能投递之情形——错投。

来书劝我不要为那人至愿遁世为巫，去做那丧心病狂的事。又教我当为众生病，不要一人病，劳生，你底善意，我当受持。我实在告诉你，自𢇁霜死后，屡要舍身，但以此心还有牵挂，不能实行。我底病也只在这“牵挂”中，总没摆脱得掉。所谓“为众生病”不过是好听的说话罢了。于此世间，只有为众生而死底；凡病都是为一人而发作底啊！

现在鹄岭将养，医生命我每日常于林荫之下静坐片时，修止观法，参止动禅。在万叶底下底落华生俨然做着内观心性，外观自在底功夫，但这能知的心有时直如顽石，——风来不觉冷，雨去不知晴。能够常如这样也是好的；因为一到这境地，不说是病状，连病根，病芽，病枝叶病因缘也没处找去了。

人到底不是顽石。于落叶，断翎，冷雨，软云，撞入我底襟怀时，那变动不息的心情于是呈现。时一张眼低瞰，见田原上底鹡鸰摇着长尾在那里找它们底食料，悲心一观，自在可观不得了。一时又见斑鸠成对躲在枝桠深密处，正在比翼交喙，蓦地飞来一只暴鹰把雄的掠去，悲心一现，自在又观不得了。

前日又到林下，坐不到一刻，见一个爱玩的牧女骑着黄牛从崖边底小径来；牛角上挂着许多摘得底山花。悬崖底树上正开着些藤花，她在牛背上一手攀着树枝，一手伸去把花揪过来。那好看的花刚到她底鼻端，蓦然一下枪声，惊滑了牛蹄，悲心一观，不动禅更参不得了。这时不晓得怎样就忘了我是病人，立刻起来，飞跑到崖下。然而这无情的灾难，谁能挽回呢？罢了！罢了！

冷雨如针，穿我肌骨，可是内里的静明温热心还在乾坤坎离中升降沉浮，终不停止。医生底治法，在我算失败了。我还病着，但要叮咛一句；若是真有“为众生病”这一样病，我还不配犯，我只常为他们痛哭而已。

上景山

无论那一季，登景山，最合宜的时间是在清早或下午三点以后。晴天，眼界可以望到天涯底朦胧处；雨天，可以赏雨脚底长度和电光底迅射；雪天，可以令人咀嚼着无色界底滋味。

在万春亭上坐着，定神看北上门后底马路（从前路在门前，如今路在门后）尽是行人和车马，路边底梓树都已掉了叶子。不错，已经立冬了，今年天气可有点怪，到现在还没冻冰。多谢芰荷底业主把残茎都去掉，教我们能看见紫禁城外护城河底水光还在闪烁着。

神武门上是关闭得严严地。最讨厌是楼前那枝很长的旗竿，侮辱了全个建筑底庄严。门楼两旁树它一对，不成吗？禁城上时时有人在走着，恐怕都是外国的旅人。

皇宫一所一所排列着非常整齐。怎么一个那么不讲纪律底民族，会建筑这么严整的宫廷？我对着一片黄瓦这样想着。不，说不讲纪律未免有点过火，我们可以说这民族是把旧的纪律忘掉，正在找一个新的咧。新的找不着，终究还要回来底。北京房子，皇宫也算在里头，主要的建筑都是向南底。谁也没有这样强迫过建筑者，说非这样修不可。但纪律因为利益所在，在不言中被遵守了。夏天受着解愠的薰风，冬天接着可爱的暖日，只要守着盖房子底法则，这利益是不用争而自来的。所以我们要问在我们底政治社会里有这样的薰风和暖日吗？

最初在崖壁上写大字铭功底是强盗底老师，我眼睛看着神武门上底几个大字，心里想着李斯。皇帝也是强盗底一种，是个白痴强盗。他抢了天下把自己监禁在宫中，把一切实物聚在身边，以为他是富有天下。这样一代过一代，到头来还是被他底糊涂奴仆，或贪婪臣宰，讨，瞒，偷，换，到连性命也不定保得住。这岂不是个白痴强盗？在白痴强盗底下才会产出大盗和小偷来。一个小偷，多少总要有一点跳女墙钻狗洞底本领，有他底禁忌，有他底信仰和道德。大盗只会利用他底奴性去请托攀缘，自赞赞他，禁忌固然没有，道德更不必提。谁也不能不承认盗贼是寄生人类底一种，但最可杀的是那班为大盗之一底斯文贼。他们不像小偷为延命去营鼠雀底生活；也不像一般的大盗，凭着自己的勇敢去抢天下。所以明火打劫底强盗最恨的是斯文贼。这里我又联想到张献忠。有一次他开科取士，檄诸州举贡生员，后至者妻女充院，本犯剥皮，有司教官斩，连坐十家。诸生到时，他要他们在一丈见方的大黄旗上写个帅字，字画要像斗底粗大，还要一笔写成。一个生员王志道缚草为笔，用大缸贮墨汁将草笔泡在缸里，三天，再取出来写，果然一笔写成了。他以为可以讨献忠底喜欢，谁知献忠说，“他日图我必定是你”，立即把他杀来祭旗。献忠对待念书人是多么痛快。他知道他们是寄生底寄生，他底使命是来杀他们。

东城西城底天空中，时见一群一群旋飞底鸽子。除去打麻雀，逛窑子，上酒楼以外，这也是一种古典的娱乐。这种娱乐也来得群众化一点。它能在空中发出和悦的响声，翩翩地飞绕着，教人觉得在一个灰白色的冷天，满天乱飞乱叫底老鸹底讨厌。然而在刮大风底时候，若是你有勇气上景山底最高处，看看天安门楼屋脊上底鸦群，噪叫底声音是听不见，它们随风飞扬，直像从什么大树飘下来底败叶，凌乱得有意思。

万春亭周围被挖得东一沟，西一窟，据说是管宫底当局挖来试看煤山是不是个大煤堆，像历来的传说所传底，我心里暗笑信这说底人们。是不是因为北宋亡国底时候，都人在城被围时，拆毁艮狱底建筑木材去充柴火，所以计画建筑北京底人预先堆起一大堆煤，万一都城被围底时，人民可以不拆宫殿。这是笨想头。若是我来计画，最好来一个米山。米在万急的时候，也可以生吃，煤可无论如何吃不得。又有人说景山是太行底最终一峰。这也是瞎说。

从西山往东几十里平原，可怎么不偏不颇，在北京城当中出了一座景山？若说北京底建筑就是对着景山底子午，为什么不对北海底琼岛？我想景山明是开紫金城外底护城河所积底土，琼岛也是垒积从北海挖出来底土而成底。

从亭后底栝树缝里远远看见鼓楼。地安门前后底大街，人马默默地走，城市底喧嚣声，一点也听不见。鼓楼是不让正阳门那样雄壮地挺着。它底名字，改了又改，一会是明耻楼，一会又是齐政楼，现在大概又是明耻楼吧。明耻不难，雪耻得努力。只怕市民能明白那耻底还不多，想来是多么可怜。记得前几年“三民主义”“帝国主义”这套名词随着北伐军到北平底时候，市民看些篆字标语，好像都明白各人蒙着无上的耻辱，而这耻辱是由于帝国主义底压迫。所以大家也随声附和，唱着打倒和推翻。

从山上下来，崇祯殉国底地方依然是那棵半死的槐树。据说树上原有一条练子锁着，庚子联军入京以后就不见了，现在那枯槁的部分，还有一个大洞，当时的练痕还隐约可以看见。义和团运动底结果，从解放这棵树，发展到解放这民族。这是一件多么可以发人深思底对象呢？山后底柏树发出幽恬底香气，好像是对于这地方底永远供物。

寿皇殿锁闭得严严地，因为谁也不愿意努尔哈赤底种类再做白痴的梦。每年底祭祀不举行了，庄严的神乐再也不能听见，只有从乡间进城来唱秧歌底孩子们，在墙外打底锣鼓，有时还可以送到殿前。

到景山门，回头仰望顶上方才所坐底地方，人都下来了。树上几只很面熟却不认得底鸟在叫着。亭里残破的古佛还坐在结那没人能懂底手印。

原载 1934 年 12 月 5 日《太白》半月刊第 1 卷第 6 期。

先农坛

曾经一度繁华过底香厂，现在剩下些破烂不堪的房子，偶尔经过，只见大兵们在广场上练国技。望南再走，排地摊底犹如往日，只是好东西越来越少，到处都看见外国来底空酒瓶，香水樽，胭脂盒，乃至簇新的东洋瓷器。故衣摊不入时底衣服，“一块八”，“两块四”，叫卖底伙计连翻带嚷地兜揽，买主没有，看主却是很多。

在一条凹凸得格别底马路上走，不觉进了先农坛底地界。从前在坛里底惟一新建筑，“四面钟”，如今只剩一座空洞的高台，四围底柏树早已变成富人们底棺材或家私了。东边一座礼拜寺是新的。球场上还有人在那里练习。绵羊三五群，遍地披着枯黄的草根。风稍微一动，尘土便随着飞起，可惜颜色太坏，若是雪白或朱红，岂不是很好的国货化妆材料?

到坛北门，照例买票进去。古柏依旧，茶座全空。大兵们住在大殿里，很好看底门窗，都被拆作柴火烧了。希望北平市游览区划定以后，可以有一笔大款来修理。北平底旧建筑，渐次少了，房主不断地卖折货。像最近定王府，原是明朝胡大海底府邸，论起建筑底的年代足有五百多年。

假若政府有心保存北平古物，决不致于让市民随意拆毁。拆一间是少一间。现在坛里，大兵拆起公建筑来了。爱国得先从爱惜公共的产业做起，得先从爱惜历史的陈迹做起。

观耕台上坐着一男二女，正在密谈，心情底热真能抵御环境底冷。桃树柳树都脱掉叶衣，做三冬底长眠，风摇，鸟唤，都不听见。雩坛边底鹿，伶俐的眼睛瞭望着过路底人。游客本来有三两个，它们见了格外相亲。在那么空旷的园囿，本不必拦着它们，只要四围开上七八尺深底沟，斜削沟底里壁，使当中成一个圆丘，鹿放在当中，虽没遮栏也跳不上来。这样，园景必定优美得多。星云坛比狱渎坛更破烂不堪。干篙败艾，满布在砖缝瓦罅之间，拂人衣裾，便发出一种清越的香味。老松在夕阳底下默然站着。人说它像盘旋的虬龙，我说它像开屏底孔雀，一颗一颗底松球，衬着暗绿的针叶，远望着更像得很。松是中国人底理想性格，画家没有不喜欢画它。孔子说它后凋还是曲了它，应当说它不凋才对。英国人对于橡树底情感就和中国对于松树底一样。中国人爱松并不尽是因为它长寿，乃是因它当飘风飞雪底时节能够站得住，生机不断，可发荣底时间一到，便又青绿起来。人对着松树是不会失望底。它能给人一种兴奋，虽然树上留着许多枯枝桠，看来越发增加它底壮美。就是枯死，也不像别的树木等闲地倒下来。

千年百年是那么立着，藤萝缠它，薜荔黏它，都不怕，反而使它更优越，更秀丽，古人说松籁好听得像龙吟。龙吟我们没有听过，可是它所发出底逸韵，真能使人忘掉名利，动出尘底想头，可是要记得这样的声音，决不是一寸一尺底小松所能发出，非要经得百千年底磨练，受过风霜或者吃过斧斤底亏，能够立得定以后，是做不到底。所以当年壮底时候，应学松柏底抵抗力，忍耐力，和增进力；到年衰底时候，也不妨送出清越的籁。

对着松树坐了半天。金黄色底霞光已经收了，不免离开零坛直出大门。门外前几年挖底战壕，还没填满。羊群领着我向着归路。道旁边放着一担菊花，卖花人站在一家门口与那淡妆底女郎讲价，不提防担里底黄花教羊吃了好几棵。那人索性将两棵带泥丸底菊花向羊群猛掷过去，口里骂“你等死底羊孙子！”可也没奈何。吃剩底花散布在道上，也教车轮碾碎了。

原载 1935 年 1 月 20 日《太白》半月刊第 1 卷第 9 期。

忆卢沟桥

记得离北平以前，最后到卢沟桥，是在二十二年底春天。我与同事刘兆蕙先生在一个清早由广安门顺着大道步行，经过大井村，已是十点多钟。参拜了义井庵底千手观音，就在大悲阁外少憩。那菩萨像有三丈多高，是金铜铸成底，体相还好，不过屋宇倾颓，香烟零落，也许是因为求愿底人们发生了求财赔本求子丧妻底事情罢。这次底出游本是为访求另一尊铜佛而来的。我听见从宛平城底人告诉我那城附近有所古庙塌了，其中许多金铜佛像，年代都是很古的。为知识上的兴趣，不得不去采访一下。大井村底千手观音是有著录底，所以也顺便去看看。

出大井村，在官道上，巍然立着一座牌坊，是乾隆四十年建底。坊东面额书“经环同轨”，西面是“荡平归极”。建坊底原意不得而知，将来能够用来做凯旋门那就最合宜不过了。

春天底燕郊，若没有大风，就很可以使人流连。树干上或土墙边蜗牛在画着银色底涎路。它们慢慢移动，像不知道它们底小介壳以外还有什么宇宙似的。柳塘边底雏鸭披着淡黄色底酕毛，映着嫩绿的新叶；游泳时，微波随蹼翻起，泛成一弯一弯动着底曲纹，这都是生趣底示现。走乏了，且在路边底墓园少住一回。刘先生站在一座很美丽的窣堵波上，要我给他拍照。在榆树荫覆之下，我们没感到路上太阳底皓烈。寂静的墓园里，虽没有什么名花，野卉倒也长得顶得意地。忙碌的蜜蜂，两只小腿黏着些少花粉，还在采集着。蚂蚁为争一条烂残的蚱蜢腿，在枯藤底根本上争斗着。落网底小蝶，一片翅膀已失掉效用，还在挣扎着。这也是生趣底示现，不过意味有点不同罢了。

闲谈着，已见日丽中天，前面宛平城也在城之内了。宛平城在卢沟桥北，建于明崇祯十年，名叫"拱北城"，周围不及二里只有两个城门，北门是顺治门，南门是永昌门。清改拱北为拱极，永昌门为威严门。南门外便是卢沟桥。拱北城本来不是县城，前几年因为北平改市，县衙才移到那里去，所以规模极其简陋。从前它是个卫城，有武官常驻镇守着，一直到现在，还是一个很重要的军事地点。我们随着骆驼队进了顺治门，在前面不远，便见了永昌门。大街一条，两边多是荒地。我们到预定的地点去探访，果见一个庞大的铜佛头和些铜像残体横陈在县立学校里底地上。拱北城内原有观音庵与兴隆寺，兴隆寺内还有许多已无可考底广慈寺底遗物，那些铜像究竟是属于那寺底也无从知道。我们摩挲了一回，才到卢沟桥头底一家饭店午膳。

自从宛平县署移到拱北城，卢沟桥便成为县城底繁要街市。桥北底商店民居很多，还保存着从前中原数省入京孔道底规模。桥上底碑亭虽然朽坏，还矗立着。自从历年底内战，卢沟桥更成为戎马往来底要冲，加上长辛店战役底印象，使附近的居民都知道近代战争底大概情形，连小孩也知道飞机，大炮，机关枪都是做什么用底。到处墙上虽然有标语贴着底痕迹，而在色与量上可不能与卖药底广告相比。推开窗户，看着永定河底浊水穿过疏林，向东南流去，想起陈高底诗："卢沟桥西车马多，山头白日照清波。毡卢亦有江南妇，愁听金人出塞歌。"清波不见，浑水成潮，是记述与事实底相差，抑昔日与今时底不同，就不得而知了。但想象当日桥下雅集亭底风景，以及金人所掠江南妇女，经过此地底情形，感慨便不能不触发了。

从卢沟桥上经过底可悲可恨可歌可泣的事迹，岂止被金人所掠底江南妇女那一件？可惜桥槛上蹲着底石狮子个个只会张牙裂眦结舌无言，以致许多可以稍留印迹底史实，若不随蹄尘飞散，也教轮辐压碎了。我又想着天下最有功德的是桥梁。它把天然的阻隔连络起来，它从这岸度引人们到那岸。在桥上走过底是好是歹，于它本来无关，何况在上面走底不过是长途中底一小段，它那能知道何者是可悲可恨可泣呢？它不必记历史，反而是历史记着它。卢沟桥本名广利桥，是金大定二十七年始建，至明昌二年（公元一一八九至一一九二）修成底。它拥有世界的声名是因为曾入马哥博罗底记述。马哥博罗记作“普利桑乾”，而欧洲人都称它做“马哥博罗桥”，倒失掉记者赞叹桑乾河上一道大桥底原意了。中国人是擅于修造石桥底，在建筑上只有桥与塔可以保留得较为长久。中国底大石桥每能使人叹为鬼役神工，卢沟桥底伟大与那有名的泉州洛阳桥和漳州虎渡桥有点不同。论工程，它没有这两道桥底宏伟，然而在史迹上，它是多次系着民族安危。纵使你把桥拆掉，卢沟桥底神影是永不会被中国人忘记底。这个在七七事件发生以后，更使人觉得是如此。当时我只想着日军许会从古北口入北平，由北平越过这道名桥侵入中原，决想不到火头就会在我那时所站底地方发出来。

在饭店里，随便吃些烧饼，就出来，在桥上张望。铁路桥在远处平行地架着。驮煤底骆驼队随着铃铛底音节整齐地在桥上迈步。小商人与农民在雕栏下做交易上很有礼貌的计较。妇女们在桥下浣衣，乐融融地交谈。人们虽不理会国势底严重，可是从军队里宣传员口里也知道强敌已在门口。我们本不为做间谍去底，因为在桥上向路人多问了些话，便教警官注意起来。我们也自好笑。我是为当事官吏底注意而高兴，觉得他们时刻在提防着，警备着。过了桥，便望见实柘山。苍翠的山色，指示着日斜多了几度，在砾原上流连片时，暂觉晚风拂衣，若不回转，就得住店了。“卢沟晓月”是有名的。为领略这美景，到店里住一宿，本来也值得，不过我对于晓风残月一类的景物素来不大喜爱。我爱月在黑夜里所显底光明。晓月只有垂死的光，想来是很凄凉的。还是回家罢。

我们不从原路去，就在拱北城外分道。刘先生沿着旧河床，向北回海甸去。我检了几块石头，向着八里庄那条路走。进到阜成门，望见北海底白塔已经成为一个剪影贴在洒银底暗蓝纸上。

初刊1939年7月5日《大风》旬刊第42期；选自《杂感集》，上海商务印书馆1946年初版。

民国一世

——三十年来我国礼俗变迁底简略的回观

转眼又到民国三十年，用古话来说，就是一世了。这一世底经历真比前些世代都重要而更繁多，教大家都感觉是在一个完全不同的世界里生活着。这三十年底政治史，说起来也许会比任何时代都来得复杂。不过政治史只是记载事情发生后底结果，单从这面看是看不透底。我们历来的史家讲政必要连带地讲到风俗，因为风俗是民族底理想与习尚底反映，若不明了这一层，对于政治底进展底观察只能见到皮相。民国一世底政治史，说来虽然教人头痛，但是已经有了好些的著作。在这期间，风俗习尚底变迁好像还没有什么完备的记载，所以在这三十年度开始，我们对于过去二十九年底风尚不妨做一个概略的回观。自然这篇短文不是写风俗史，不过试要把那在政治背后底人民生活与习尚叙述一二而已。

民国底产生是先天不足的。三十年前底人民对于革命底理想与目的多数还在睡里梦里，辛亥年（民国前一年，也是武昌起义底那一年）三月二十九底下午在广州发动底不朽的革命举动，我们当记得，有名字底革命家只牺牲了七十二人！拿全国人民底总数来与这数目一比，简直没法子列出一个好看的算式。那时我是一个中学生。住在离总督衙门后不远底一所房子，满街底人在炸弹声响了不久之后，都嚷着“革命党起事了”！大家争着关铺门，除招牌，甚至什么公馆、寓、第、宅、堂等等红纸门榜也都各自撕下，惟恐来不及。那晚上，大家关起大门，除掉天上底火光与零碎的枪声以外，一点也不见不闻。事平之后，回学堂去，问起来，大家都说没见过革命党，只有两三位住在学堂里底先生告诉我们说有两三个操外省口音，臂缠着白毛巾底青年曾躲在仪器室里。其中有一个人还劝人加入革命党，那位先生没答应他，他就鄙夷他说：“蠢才，有便宜米你都不吃……”他底理想只以为革命成功以后，人人都可以有便宜的粮食了，这种革命思想与古代底造反者所说底口号没有什么分别。自然那时有许多青年也读过民族革命底宣传品，但革命的建国方略始终为一般人所没梦想过，连革命党员中间也有许多是不明白他们正在做着什么事情。不到六个月，武昌起义了。这举动似乎与广州革命不相干，但竟然成功了。人民底思想是毫无预备，只混混沌沌地站在革命底旗帜下，不到几个月，居然建立了中华民国。

民国成立以后，关于礼俗底改革，最显著的是剪辫，穿西服，用阳历，废叩头，等等。剪辫在民国前两三年，广州与香港已渐成为时髦，原因是澳美二洲底华侨和东西留学生回国底很多。他们都是短服（不一定是西装），剪发、革履，青年学生见了互相仿效，还有当时是军国民主义底教育，学生底制服就是军装。许多人不喜欢把辫子盘过胁下扣在胸前底第一颗钮扣上，都把它剪掉，或只留顶上一排头发，戴军帽时，把辫子盘起来，叫做“半剪”。当时人管没辫子底人们叫做“剪辫仔”或“有辫仔”，稍微客气一点底就叫他们底打扮做“文明装”或“金山文明装”，现在广州与香港底理发师还有些保留着所谓“金山装”底名目底。在民国前三年，我已经是个“剪辫仔”，先父初见我光了头，穿起洋服，结了一条大红领带，虽没生气，却摇着头说，“文明不能专在外表上讲”。

广东反正，我们全家搬到福建，寄寓在海澄一个朋友底乡间。那里底人见我们全家底男子，连先父也在内，都没有辫子，都说我们是“革命仔”。乡下人有许多不愿意剪辫，因为依当地风俗，男子若不是当和尚或犯奸就不能把辫子去掉。他们对于革命运动虽然热烈地拥护，但要他们剪掉辫子却有点为难，所以有许多是被人硬剪掉底。有些要在剪掉之后放一串炮仗；有些还要祭过祖先才剪。这不是有所爱于满洲人底装束，前者是杀晦气，后者是本着“身体发肤，受之父母”底教训。你如问为什么剃头就不是“毁伤”，他就说从前是奉旨及父母之命而行底。民国元年，南方沿海底都市有些有女革命军底组织，当时剪发底女子也不少，若不因为女革命军底声誉不好和军政当局底压抑，女子们剪发就不必等到民国十六年以后才成为流行的装扮了。当盛行女子剪发底时候，东三省有位某帅，参观学校，见某女教员剪发，便当她是共产党员，把她枪毙了。她也可以说是为服装而牺牲底不幸者。

讲到衣服底改变，如大礼服，小礼服之类，也许是因为当时当局诸明公都抱“文明先重外表”底见解，没想到我们底纺织工业会因此而吃大亏。我们底布匹底宽度是不宜于裁西装底，结果非要买入人家多量的洋材料不可。单说输入底钮扣一样。若是翻翻民国元年以后海关底黄皮书，就知道那数字在历年底增加是很可怕的了。其它如硬领，领带、小梳子、小镜子等等文明装底零件更可想而知了。女人装束在最初几年没有剧烈的变迁，当时留学东洋回国底女学生很多，因此日本式的髻发，金边小眼镜，小绢伞，手提包，成为女子时髦的装饰。后来女学生底装束被旗袍占了势力，一时长的、短的、宽的、窄的，都以旗袍式为标准，裙子渐渐地没人穿了。民国十四、五年以后，在上海以伴舞及演电影底职业女子掌握了女子时髦装束底威权，但全部是抄袭外国底，毫无本国风度，直到现在，除掉变态的旗袍以外，几乎辨别不出是中国装了。在服装上，我们底男女多半变了被他人装饰底人形衣架，看不出什么民族性来。

衣服直接影响到礼俗，最著的是婚礼。民国初年，男子在功令上必要改装，女子却是仍旧，因此在婚礼上就显出异样来。在福建乡间，我亲见过新郎穿底是戏台上底红生袍，戴底是满镶着小镜子底小生巾，因为依照功令，大礼服与大礼帽全是黑的，穿戴起来，有点丧气。间或有穿戴上底，也得披上红绸，在大高帽上插一金花，甚至在草帽上插花披红，真可谓不伦不类。不久，所谓“文明婚礼”流行了。新娘是由凤冠霞帔改为披头纱和穿民国礼服。头纱在最初有披大红的，后来渐渐由桃红淡红到变为欧式的全白，以致守旧的太婆不愿意，有些说，“看现在的新娘子，未死丈夫先带孝！”这种风气大概最初是由教会及上海底欧美留学生做起，后来渐渐传染各处。现在在各大都市，甚至礼饼之微也是西装了！什么与我们底礼俗不相干底扔破鞋、分婚糕、度蜜月，件件都学到了。还有，新兴的仪仗中间有军乐队，不管三七二十一胡乱吹打一气。如果新娘是曾在学校毕业底，那就更荣耀了，有时还可以在亲迎底那一天把文凭安置在彩亭里扛着满街游行。

至于丧礼，在这三十年来底变迁却与婚礼不同。从君主政策被推翻了之后，一切的荣典都排不到棺材前，孝子们异想天开，在仪仗里把挽联、祭幛、花圈等等，都给加上去了。讣告在从前是有一定规矩底，身份够不上用家人报丧底就不敢用某宅家人报丧底条子或登广告。但封建思想底遗毒不但还未除净，甚且变本加厉，随便一个小小官吏或稍有积蓄底商人底死丧，也可以自由地设立治丧处，讣告甚至可以印成几厚册，文字比帝制时代实录馆底实录底内容还要多。孝子也给父母送起挽联或祭幛来了。花圈是胡乱地送，不管死者信不信耶酥，有十字架表识底花圈每和陀罗尼经幛放在一起。出殡底仪仗是七乱八糟，讲不上严肃，也显不出哀悼，只可以说是排场热闹而已。穿孝也近乎欧化，除掉乡下人还用旧礼或缠一点白以外，都市人多用黑纱绕臂，有时连什么徽识也没有。三年之丧再也没能维持下去了。

说到称谓，在民国初年，无论是谁，男的都称先生，女的都称女士，后来老爷、大人、夫人、太太、小姐等等旧称呼也渐渐随着帝制复活起来。帝制翻不成，封建时代底称呼反与洋封建底称呼互相翻译，在太太们中间，又自分等第，什么“夫人”“太太”都依着丈夫底地位而异其称呼，男方面，什么“先生”，什么“君”，什么“博士”“硕士”也做成了阶级的分别，这都是封建意识底未被铲除，若长此发展下去，我们就得提防将来也许有“爵爷”“陛下”等等称呼底流行。个人的名字用外国的如约翰、威灵顿、安妮、莉莉、伊利沙伯之类越来越多，好像没有外国名字就不够文明似地。日常的称如“蜜丝”“蜜丝打”“累得死”“尖头鳗”一类的外国货格外流行，听了有时可以使人犯了脑溢血底病。

一般嗜好，在这二十九年，也可以说有很大的变更。吃底东西，洋货输进来底越多。从礼品上可以看出芝古力糖店抢了海味铺不少的买卖，洋点心铺夺掉茶食店大宗的生意。冰淇淋与汽水代替了豆腐花和酸梅汤。俄法大菜甚至有替代满汉全席底气概。赌博比三十年前更普遍化，麻雀牌底流行也同鸦片白面红丸等物一样，大有燎原之势，了得么！

历法底改变固然有许多好处，但农人底生活却非常不便，弄到都市底节令与乡间底互相脱节。都市底商店记得西洋的时节如复活节、耶稣诞等，比记得清明、端午、中秋、重九、冬至等更清楚。一个耶稣诞期，洋货店可以卖出很多洋礼物，十之九是中国人买底，难道国人有十分之九是基督徒么？奴性的盲从，替人家凑热闹，说来很可怜的。

最后讲到教育。这二十九年来因为教育方针屡次地转向，教育经费底屡受政治影响，以致中小学底教育基础极不稳固。自五四运动以后，高等教育与专门学术底研究比较有点成绩，但中小学教育在大体上说来仍是一团糟。尤其是在都市底那班居心骗钱，借口办学底教育家所办底学校，学科不完备，教师资格底不够，且不用说，最坏的是巴结学生，发卖文凭，及其它种种违反教育原则底行为。那班人公然在国旗或宗教的徽帜底下摧残我青年人底身心。这种罪恶是二十九年来许多办学底人们应该忏悔底。我从民国元年到现在未尝离开粉笔生涯，见中小学教育底江河日下，不禁为中国前途捏了一把冷汗。从前是“士农工商”，一入民国，我们就时常听见“军政商学”，后来在“军”上又加上个“党”。从前是“四民”，现在“学”所居底地位是什么，我就不愿意多嘴了。

此地底篇幅不容我多写，我不再往下说了，本来这篇文字是为祝民国三十年底，我所以把我们二十九年来底不满意处说些少出来，使大家反省一下我们底国民精神到底到了什么国去？这个我又不便往下再问，等大家放下报纸闭眼一想得了。民国算是入了壮年底阶段了。过去的二十九年，在政治上、外交上、经济上、乃至思想上，受人操纵底程度比民国未产生以前更深，现在若想自力更生底话，必得努力去除从前种种愚昧，改革从前种种的过失，力戒懒惰与依赖，发动自己的能力与思想，要这样，新的国运才能日臻于光明。我们不能时刻希求人家时刻之援助，要记得我们是入了壮年时期，是三十岁了，更要记得援助我们底就可以操纵我们呀！若是一个人活到三十岁还要被人“援助”，他真是一个“不长进”底人。我们要建设一个更健全的国家非得有这样的觉悟与愿望不可。愿大家在这第三十年底开始加倍地努力，这样，未来的种种都是有希望的，是生长的，是有幸福的。

原载 1941 年 1 月 1 日香港《大公报·文艺》第 1001 期；选自《杂感集》，上海商务印书馆 1946 年初版。

读书谈

读书是一件难事：有志气，没力量读不了；有力量，没天分，读不好；有天分，没专攻，读不饱；既专攻，没深思，读不透。其余层层叠叠的困难，要说起来还可以扯得很长。读书是不容易，却不是不可能，即如没有天分，没有力量底人，若是不怕困难，勇猛为学，日子深了，纵然没有多大的成就，小成功总不会没有。我信将来人们读书必定比较容易。从行为说，能读以前，必须先费好些时间去认字和读文法，这也是增加读书底困难底一件事，但今后“有声书”必会渐次发达，使人不认得字也可以听书。“有声书”依着话片或有声电影片底原理，一打开书，机器便会把其中的意义放送出来。虽然如此“无声书”也不见得立刻便会站在被被淘汰之列。文字比语言较有恒久性，所寓底意义也比较明了。这话也许不对，但目下情形，听书底习惯还没形成以前，读书底困难，虽然图书馆很方便也还没把前头所说底种种困难移掉。这里没有谈书籍底将来，因为这个问题一开展起来，也可说得很多，所以要言归正传，只拿一个“读”字来说。

在这小文里，我把读书分做三部分来说。第一，读书底目的。第二，读书底方法。第三，读书人对于书底道德。

一、读书底目的

书不是人人必读底，不过，若是能读底话，就非读不可。我想读书底目的有三种：第一为生活，第二为知识，第三为修养。第一个目的是浅而易见的，要到社会混饭吃，又不愿意去"做手艺"，"当听差"，不在学堂里领一张文凭便不成功。再进一步说，若要手艺做得好，听差当得令人称意也非从书里去找出路不可。读书人，尤其是大学生，许多并没有做律师底天才，偏要去学法律；没有当医师底兴趣却要去习医学；因为"谋生"与"出路"无形中浪费了许多青年底时间，精神和金钱。所以在进大学或专门学校以前，学者应当先受学习能力与兴趣底测验，由专家指导他，向着与他合式底科目去学。若能这样办，读书为用底目的才算真正地达到。不然，所学非所用，或对于所学不忠实底事情一定不能免。如果兴趣或能力改变，自然还可以更换他底学与业，所不能有底，是学者持着"敲门砖"底态度，事一混得来，书本也扔了。

第二种目的，读书为求知识。这个目的可以说超出饭碗问题之上，纯为求知识而读书，以书为嗜好品，以书为朋友，以书为情人。读书为用，固然是必要的，然而求知识也是人生不可少的欲望。生活是靠知识培养底。一个人虽然不须出来混饭，知识却不能不要。有一次，同学李勋刚先生告诉我，说他有一个很骄傲的朋友，最看不起人抱着书来念，甚至反对人进学堂，那朋友说：我一向没进过学校，可以月月赚钱，读书尤其是入大学，是没用的。李先生回答他说：自然，像你有万贯家财，做事不做事没关系，可是念书并不单为做事，得知识，叫人不糊涂、岂不是也顶重要么？像我进过大学，虽然没赚得像些没进过大学底人们那么多钱，若是我底孩子病了，我决不会教他吃下四只蝎子。他这话是因那朋友在不久的过去，信巫医底话，把四只蝎子煅成灰，给他一个有病的儿子吃，不幸吃坏了！这事很可以指出知识是人生最要紧的一件事。有知识，便没有糊涂的行为。知识大半是从书本上得来。一个人常要经过乱读书底时期，才能进入拣书读底境地。敌读书只是寻求知识底初步，拣书读，才能算上了知识底轨道。

第三种目的是为修养。“读圣贤书，所学何事？”这话充分表现读书为修养底意思。古人读书底目的求知与修养是一贯的，因为读不成书底早当离开学校到市廛或田野去了。市廛与田野乃小人底去处，知识与修养不能从那些地方得来。这观念当然不正确，应是读一日书当获一日之益，读一日书，有一日之用。无论取什么职业，当以不舍书本为是。深奥的书不能读，浅近的书也应当读，不然，真会令人堕落到理智丧失底地步。读书只为利用与知识是不够底。用，要审时宜；知，要辨利害，要做到这一层，非有涵养不可。古人劝人以“不以情欲杀身，不以学术杀天下后世”，是表明修养底重要。我们可以说，所得于读书底，不但希望能在生活得成功，在理智得完备，并且在保持道德与意志底康健。

古人关于读书底名言很多，这里请依着上述三种目的选录些出来。也许有人会批评说那些都是酸秀才底腐话，但我觉得真实的话虽然古旧却不会腐败些毫。因为读者不见得对于底下所选底句句都能接受，所以要多选几条。

今之士，非尧舜文王，周，孔不谭，非《语》《孟》《大学》《中庸》不观；言必称周，程，张，朱；学必曰致知格物；此自三代而后，所未有也，可谓盛矣！然豪杰之士不出：礼义之俗不成；士风日陋于一日；人才岁衰于一岁。而学校之所讲，逢掖之所谭，几若屠儿之礼佛，倡家之谈礼者，是可叹也。（牟允中《庸行编》卷二）

读书贵能用。读者不能用，是读书不识字也。郭登《咏蠹鱼》诗云：元来全不知文意，枉向书中过一生。（同上）

圣贤之书所载皆天地古今万事万物之理。能因书以知理，则理有实用。由一理之微，可以包六合之大；由一日之近，可以尽千古之远。世之读书者生乎百世之后，而欲知百世之前，处乎一室之间，而欲悉天下之理，非书曷以致之？书之在天下，五经而下，若传，若史，诸子百家，上而天，下而地，中而人与物，固无一事之不具，亦无一理之不该学者诚即事而求之，则可以通三才而兼备乎万事万物之理矣。虽然，书不贵多而贵精，学必由博而守约。果能精而约之以贯其多与博，合其大而极于无余，会其全而备于有用，圣贤之道，岂外是哉？（《清圣祖庭训格言》）

米元章云，一日不读书，便觉思涩。想古人未尝片时废书也。（《庸行编》卷二）

为学之道，莫先于穷理。穷理之要，必在于读书。（同上）

古人书籍，近人著述，浩如烟海，人生目光之所及者，不过九牛之一毛耳。……知书籍之多，而吾所见者寡，则不敢以一得自喜，而当思择善而约守之。（曾国藩《求阙斋日记》）

君子之学非为富贵也，此心此理不可不明故也。为富贵而写，其学必不实，其理必不明，其德必不成

者也。(《庸行编》卷二)

读书原是要识道理，务德业，并不只是为功名。若不慕天地之理，不究身心之业，纵使功名显贵，亦是不肖子孙。若道理明白可以立身，可以正家，可以应世处事，虽终身不得一衿，亦为祖父光荣。(张师载《课子随笔》)

吾辈读有字的书却要识无字的理。理岂在语言文字哉？只就此日，此时，此事，求个此心过得去的，便是理也。(《身世金箴》)

道理书尽读；事务书多读；文章书少读；闲杂书休读；邪妄书焚之可也。(吕坤《呻吟语》)

读书能使人寡过，不独明理。此心日与道俱，邪念自不得而乘之。(同上)

朱子云，读书之法当循序而有常，致一而不懈，从容乎句读文句之间，而体验乎操存践履之实，然后心静理明，渐见意味。不然，则虽广求博取，日诵五车，亦奚益于学哉？此言乃读者之至要也。人之读书本欲存诸心，体诸身，而求实得于己也，如不然，将书泛然读之，何用？凡读书人皆宜奉此为训也。(《庭训格言》)

先儒谓读书要能变化气质，盖人性无不善，气质

却不免有醇疵，只要自己晓得疵处，便好用功去变化他。(《课子随笔》)

读书不希圣贤如铅椠佣；居官不爱子民如衣冠盗；讲学不尚躬行如口头禅；立业不思种德，如眼前花。(洪自诚《菜根谭》)

以上几条是从读书底目的讲，古人看读书底最重要的目的是修养，其次是知识，最后乃是应用。这三样很有连络起来底必要，只为一个目的而读书，恐怕不能得到书底真意味。

二、读书底方法

读书方法讲起来也没有“西法”和“中法”“古法”和“今法”底分别，不过古人书少，所读有限，因为虚心底原故，把一生工夫常用在注解古书上头。思想在无形中因而停滞。为达到上说三种目的，无论用什么方法都可以，但是个人性质不同研究材料底多少难易，使他采取一种适合的方法。古训中有许多地方教人怎样读书底。现在略引几条在底下。

为学先须立大规模，万物皆备于我，天地间孰非分内事？不学，安得理明而义精？既负七尺，亦负父兄，愧怍何如？工夫须是绵密，日积月累，久自有益，毋急躁，毋间断，病实相因，尤忌等待。眼前一刻，即百年中一刻，日月如流，志业不立，坐等待之故。（张履祥《澉湖塾约》）

一率作则觉有义味，日浓日艳，虽难事，不至成功不休；一间断则渐觉疏离，日畏日怯，虽易事，再使继续甚难。是以圣学在无息，圣心在不已。一息一已，难接难起，此学者之大惧也。（《呻吟语》）

读书不可有欲了底心，才有此心，便心在背后白纸去了，无益。须是紧着功夫，不可悠忽，又不须忙，小作课程，大施工力。如会读得二百字，只读一百字，却于百字中猛施工夫，理会仔细，徘徊顾恋，如不欲去，如此，不会记性人亦记得，无识性人亦理会得。（《庸行编》卷二）

凡人读书或学艺每自谓不能者事自误其身也。中庸有云："有弗学，学之弗能，弗措也……人一能之，己百之，人十能之，己千之。果能此道矣。虽愚必明，虽柔必强。"实为学最有益之言也。（《庭训格言》）

读书有不解处，标出以问知者，慎勿轻自改窜"银""根"之误，遗笑千古。（申涵光《荆园小语》）

学者欲决不堕落，惟在能信，欲道理八面玲珑，

惟在能疑。善思则疑，躬行则信。信则人品真实，疑则心事精微。(《庸行编》卷二)

读书要疑，大疑大悟，小疑小悟，不疑不悟。(同上)

少年学问当如上帐，当如销账。(同上)

从以上所引几件看来，古人为学底方法，可以找出几点，第一是宇宙里底一切都应看为学者分内所当知底对象，而知底方法是绵密地观察和诵读，不慌不忙，日积月累，终有成功底一天。第二不怕困难，不可中间停滞，“一日曝之，十日寒之”，不是个办法，第三，不要自以为不能，先得有“人一能之，己百之，人十能之，己千之”底心，进而达到博学，审问，慎思，明辨，笃行底程序。第四，为学当利用疑与信两种心情。不疑便不能了悟，因为学者心目中没有问题，当然学业不会给他多少刺激，既悟以后，便当对于所知有信仰。没有信仰，所行便与所知背道而驰，结果会弄到像“屠儿礼佛”，“倡家谈礼”一般。第五，少年时代求学在多知，像上账一样，老年却在去知，把所知底应用出来，一件一件地做，像销账一样。看来古人是注重在修养与力行方面，知而不行，便是学还没得到方法底表征。

现在我们应读底书多过古人几千倍，在道理上讲，读书底目的仍没多少更变。不过方法学发达了，我们现在用不着死记底工夫。知识底朋友多了，我们有问题可以彼此提出来，互相讨究。这比古人读书底困难实在天壤之隔。若讲到现代读书底方法，当然也可以依着前头三种目的去采取。为修养和为知识而记下底笔记定然是不同底。在所学还没有得系统底时候，应当用纸片将书中所要用底文句钞下来，放在一定的地方，自己分出类部来。纸片记法是现在最流行底一种方法，从前我们底旧书塾也有类乎这样办法，便是用纸签一条一条钞起来，依着部类钉在一起这便是“条”字底原来意思。假如在纸片里发现出可疑底地方，应当另外提出来，备日后的探究。注解书籍底工夫不必人人去做，但若要训练自己读书底严勤习惯，也不妨在这事上做一些工夫。注解当然要包括校勘，那么没有目录学底书籍也不成。凡读书当选最靠得住底本子去读，如果读诵底过程中发现什么新解，先不要自满，看看前人已经见到没有，有人说过什么话没有，自己底推论有没有力量。只是学不能叫做读书，非要思索过不可。读书不消化毛病就在学而不思上头。现在且把读书方法底程序简略写几句，第一步当检阅目录，如果有书评，靠得住的，也当读一下。近代的书贾多为赚钱，宣扬文化不是他们底目的，有时看见底书名很好，内容却是乱七八糟。以致读者对于书底选择成为很重要的问题。如果依着靠得住底评书家底指导，浪费时间金钱和精力底事也就可以避免了。得到要念底书以后，第二步底工作便记录书中底大意，用笔记法或签条法，纸片法都成。这可以依着读者底习惯和需要去做。从前底学者很爱剪书，把所要底材料都剪下来贴在一起。这是很费事和糟塌书底办法。为要简便只把所要章节在书上底卷数篇数记录起来就够了。第三步，便到应用底程序上。将所得底整理好，排列出次序来，到一需用起来，便左右逢源了，这是读书底最有效的办法。

三、读书人对于书底道德

从前的人对于书籍很爱惜，若非不得已决不肯在本子上涂红画绿。书籍越干净，读底人越觉得有精神。在图书馆里，每见读者把公共的书籍任意涂画，圈点批注，无所不至。甚至于当公书为私产，好像“风雅贼”底徽号是于为学无损似的。不想读者底用功处便在以行为来表显知识，行为不正，若不是邪知，便是不知底原故。许多公共图书馆都发现过馆理底书籍常有被挖，撕，藏，偷底四件事。道德程度高的读者当然没有这样事。而那毁书偷书底人们，所做底乃是损人不利己。因为知识说到底还是公共的。自己如把全部书底一部分偷走，别人固然不能读，自己所得也是不完全的。还有借书不还也是读书人一件大毛病。所以有许多人不愿意把书轻易借给别人。倘若能够把这些恶习都改正，我想我们在读书上便会增加了不少的方便。读书底道德问题虽然无关于知识，但会间接地影响到学业上，便是有养成取巧底习惯。积久便会堕落到不学底地步，所以读书人应当在这点加意。

原载 1935 年 4 月 16 日《北平晨报·北晨学园》第 802 期。

牛津的书虫

牛津实在是学者底学国，我在此地两年底生活尽用于波德林图书馆，印度学院，阿克关屋（社会人类学讲室），及曼斯斐尔学院中，竟不觉归期已近。

同学们每叫我做“书虫”，定蜀尝鄙夷地说我于每谈论中，不上三句话，便要引经据典，“真正死路”！刘锴说：“你成日读书，睇读死你嚟呀！”书虫诚然是无用的东西，但读书读到死，是我所乐为。假使我底财力、事业能够容允我，我诚愿在牛津做一辈子底书虫。

我在幼时已决心为书虫生活。自破笔受业直到如今，二十五年间未尝变志。但是要做书虫，在现在的世界本不容易，须要具足五个条件才可以。五件者：第一要身体康健；第二要家道丰裕；第三要事业清闲；第四要志趣淡薄；第五要宿慧超越。我于此五件，一无所有！故我以十年之功只当他人一夕之业，于诸学问、途径还未看得清楚，何敢希望登堂入室？但我并不因我底资质与境遇而灰心，我为学有三条路向：一是深思，二是多闻，三是能干。第一途是做成思想家底路向；第二是学者；第三是事业家。这三种人同是为学，而其对于同一对象底理解则不一致。譬如有人在居庸关下偶然捡起一块石头，一个思想家要想他怎样会在那里，怎样被人捡起来，和它底存在底意义。若是一个地质学者，他对于那石头便从地质方面源源本本地说。若是一个历史学者，他便要探求那石与过去史实有无底关系。

若是一个事业家，他只想着要怎样利用那石而已。三途之中，以多闻为本。我邦先贤教人以“博闻强记”，及教人“不学而好思，虽知不广”底话，真可谓能得为学底正谊。但在现在的世界，能专一途底很少。因为生活上等等的压迫，及种种知识上的需要，使人难为纯粹的思想家或事业家。假使苏格拉底生于今日的希腊，他难免也要写几篇关于近东问题底论文投到报馆里去卖几个钱。他也得懂得一点汽车、无线电的使用方法。也许他也会把钱财存在银行里。这并不是因为“人心不古”，乃是因为人事不古。近代人需要等等知识为生活底资助，大势所趋，必不能在短期间产生纯粹的或深邃的专家。故为学要先多能，然后专攻，庶几可以自存，可以有所供献。吾人生于今日，对于学问，专既难能，博又不易，所以应于上列“三途”中至少要兼二程。兼多闻与深思者为文学家。兼多闻与能干底为科学家。就是说一个人具有学者与思想家底才能，便是文学家；具有学者与专业家的功能底，便是科学家。文学家与科学家同要具学者底资格所不同者，一是偏于理解，一是偏于作用，一是修文，一是格物（自然我所用科学家与文学家底名字是广义的）。进一步说，舍多闻既不能有深思，亦不能生能干，所以多闻是为学根本。多闻多见为学者应有底事情，如人能够做到，才算得过着书虫的生活。当彷徨于学问底歧途时，若不能早自决断该向哪一条路走去，他底学业必致如荒漠的砂粒，既不能长育生灵，又不堪制作器用。即使他能下笔千言，必无一字可取。纵使他能临事多谋，必无一策能成。我邦学者，每不擅于过书虫生活，在歧途上既不能慎自抉择，复不虚心求教；过得去时，便充名士，过不去时，就变劣绅。所以我觉得留学而学普通知识，是一个民族最羞耻的事情。

我每觉得我们中间真正的书虫太少了。这是因为我们当学生底多半穷乏，急于谋生，不能具足上说五种求学条件所致。从前生活简单，旧式书院未变学堂底时代，还可以希望从领膏火费底生员中造成一二。至于今日底官费生或公费生，多半是虚掷时间和金钱底。这样的光景在留学界中更为显然。

牛津底书虫很多，各人都能利用他底机会去钻研，对于有学无财底人，各学院尽予津贴，未卒业者为“津贴生”，已卒业者为“特待校友”，特待校友中有一辈以读书为职业底。要有这样的待遇，然后可产出高等学者，在今日的中国要靠著作度日是绝对不可能的，因社会程度过低，还养不起著作家。……所以著作家底生活与地位在他国是了不得，在我国是不得了！著作家还养不起，何况能养在大学里以读书为生的书虫？这也许就是中国底“知识阶级”不打而自倒底原因。

……

原载万方（罗香林）《许地山与香港的读书风气》（《工商日报》1950年2月2日）。

辑三 讲演 文论

1941 年，许地山留影

我们要什么样的宗教

一 宗教是不是普遍的需要?

宗教是社会的产物，由多人多时所形成，并非由个人所创造。宗教的需要，是普遍的，其理由有五：

1. 凡宗教必有一特别的理想，这个理想是人类所欲达到，而为人间生活所必要有的。

2. 凡宗教全要想解决“人生目的”的问题。

3. 凡在宗教团体的人，必用自己的宗教理想表现于实行上。

4. 凡宗教必不满意于现实生活，以现实生活是病害的，不完全的，都是要想法子，去驱除它，或改正它。

5. 凡宗教皆栽培，节制，完成人类的欲望，人类欲望大别有三：(一)肉欲(Sensuality)，(二)我欲(Selfishness)，(三)意欲(Willingness)。三种欲望全是人间生活所不能免的。肉欲从肉体种种器官，为感觉发生，感觉不能免除，则肉欲必须存在。于是发生有利有害的两个方面，凡宗教全是试要节制他有害的方面，而栽培发展他有利的方面。在现实的生活之下，我欲是较高的欲望，例如作文作书，必要写出自己的名字，表明是自己的作品，便是由于我欲的缘故。但我欲过强，便成自私，有时也有妨碍，所以宗教要去节制他，而他之一方面，仍要栽培他，完成他，因为个人的人格，也是由我欲造成的。意欲是更高的欲望，可以管理一生的生活。倘若意欲不正就可毁坏一生生活的全体。佛教所谓“心如工画师，善画诸世间”，便是表明意志有创造世界的能力。宗教的终极目的是要指导它，发展它，强健它。

由上述的理论，看人生免不了有理想，欲望，病害，故此要向上寻求安康，宗教的感情，于是乎起。可以见宗教的本体，是人生普遍的需要。但是宗教的生长，必须适应环境。所以宗教的适用，必须受空间时间的限制，因时因地而不同。例如：六朝时候的佛教，因政治的关系而发达，可见政治与宗教之关系；又如，在天灾流行的时候，人类朝不保夕，于是就希望超绝的能力，可见天灾与宗教的关系；在国家衰弱的时代，宗教的情操越强，宗教的信仰越烈，可见强弱势力，与宗教的关系。所以今晚的讲题“我们要什么样的宗教”，这“我们”是指我们今日中国说的。

二 宗教的领域

许多人不看一看宗教的领域，不知道他有如何的大，所以一提宗教二字，便要唾弃。其实宗教的领域，最大。

可以说占人生之最大部分。人的行动，若仔细分析，少有不含宗教色彩的。由此广大无边的领域之中，依我的意见，可以为三大国度：（1）巫祝的宗教，（2）恩威的宗教，（3）情理的宗教。

巫祝的宗教全基于过去的经验，其所行全是礼仪的，神圣的，秘密的。不问参与之意义如何，参与者之了解与否。在原始的社会，这是很盛行的。

恩威的宗教，亦多基于经验。重礼节，信条，全以威权吓人，从者有福，违者有祸，使人因慕升天之福，畏入狱之祸，而信服。因此人便立于无限威权之下，不能不信服而持守戒律。

情理的宗教，不专恃恩威的作用，而重慈心，与智慧。佛所谓“悲智双修”就是这个意思。其实行，全是依其智慧，情感而得了解。提高感情，用以打动人的慈悲，提高理智，用以坚定人的意向。使人在不知不觉之间，就实现此悲，此知，于行为上。

此三种教，因时因地而异，其适用之处无绝对的善恶优劣之可言。智慧过低的地方，用情理的宗教，倒会发生病害。反之文化极高的时候，巫祝的宗教也就无所用了。

三 中国现在缺乏的宗教精神

我们对于宗教所缺的精神，总括起来，可得左列的五种。

1. 多注重难思的妙法，而轻看易行的要道。人都以为宗教是玄妙的，肤浅便不是宗教。讲宗教，要你越听不懂，越妙。古来佛教经典，有些伪造梵文，或者直译梵音，以为是圣语不翻，使人不易了解，正是这个缘故。

2. 多注重个人的修习，而轻看群众的受持。修道的人，不甚注意传播,和发展的事。所以我们宗教态度，是独善的，不是普济的。

3. 重视来世的祸福，而忘却现实之受用，与享乐。我国人种种宗教行为，多是为求来生之福，免来生之祸，而不知宗教正是使人得现实的享受。

4. 只见宗教柔弱方面，而忽略了宗教的刚强方面。反对宗教者，多以下列四项为理由：（甲）以为信仰古来圣人听从他的主张，认他作主，便是认己为奴，在名分上实已小看自己的人格。（乙）信则有福，否则受罚，是崇拜威权，而轻看自由。（丙）个性本应发展，而因宗教之故，每每使人萎退。（丁）已死之人，其智识经验全比现在的人少，宗教崇拜死人，服从其主张，则使人愚拙。这些话，似乎不错。然而人在宇宙，或太阳系之中，本来不能算是最好的；就是在地球之上，人类也不能算是最完全的，最自由的。所以我们，于现有之理智以外，要想求得一位更高明的“神”，来服从。神的有无，不是今晚我们所说的问题。但所谓神，不过人类更高理想的表现，人设立他来，作个模范；并不算是怎样专制，或约束人的理性。

5. 多注重思维，而少注重实行。以为宗教是超绝现实生活的，所以要主张入定，持斋等事，若是多去活动便不算得宗教。例如：善堂，养老院，孤儿院等设施，本出于儒道作善降祥的思想，而不认为宗教行为；在屋中焰香，默坐，反认为宗教。

以上所说的五项，倘若不错，就是见我们所缺乏的宗教思想，和度了。

四 我国今日所需要的宗教

1. 要容易行的。所谓容易行，并不是幼稚的念念阿尔陀佛，画画十字，就算了事。乃是要人在日常生活中，不多费气力，就可以去做的善业。

2. 要群众能修习的宗教。并不为特定的人、特定的事，而发生。所以无论智愚。全能受持，才是合适的宗教。一个人坐在屋里苦修行，不是我们需要的。

3. 要道德情操很强的。人的理性，每自有光明的启示，因理智经验，而评判将来的结果。此即自己对于自己道德情操所立的标准；而人的共同的道德标准，则不可不由宗教来供给。

4. 要有科学精神的。或谓宗教与科学不并立，其实不对。科学对于物质的世界，有正确的解释，能与吾人以正确的智识。此正确的智识，正为宗教所需要。必先有正确的智识，然后有正确的信仰。所以宗教，必须容纳科学，且要有科学的精神。

5. 要富有感情的。感情有感力，令人不能不去作。所以感情强，则一切愿望全可成全。在宗教，决不能不重感情，而专重理智。

6. 要有世界性质的。因为人的生活，日趋于大同。人同此心，心同此理。世界上的人心，全有交通的可能，所以宗教，必须是世界的。

7. 必注重生活的。旧日宗教，重死后的果报，其实宗教正为生前的受用。宗教不注重生活，就失去其最高的价值。

8. 要合于情理的。不能只重恩威，而不重情理。若是不合情理，不论是什么宗教，一律在排除之列。

总之，我们今日所需的宗教必要合于中国现在生活的需要。我们中国古代“礼”的宗教既多流弊，近代输入的佛耶两教又多背我们国性的部分。宗教既是社会多年的产物，我们想即时造一个新的宗教也是不可能，所以我们指出现有的一个宗教而说她是最适合中国现在生活的需要是很难的。按耶教近年发展的趋向似甚合于上述的理论。否认或证实不是在我今晚演讲的范围，所以我对今天问题的答案是凡不背上述条件的宗教就是我们中国今日所需要的宗教，并且我们所要的宗教不能专为上等社会着想而忘却宗教是一切人所需要的。

本文由刘昉笔记，原载1923年4月14日《晨报副刊》。

造成伟大民族底条件

——对北京大学学生讲

有一天，我到天桥去，看那班“活广告”在那里夸赞自己的货色。最感动我底是有一家剃刀铺底徒弟在嚷着“你瞧，你瞧，这是真钢！常言道：要买真钢一条线，不买废铁一大片”。真钢一条线强过废铁一大片，这话使我连想到民族底问题。民族底伟大与渺小是在质，而不在量。人多，若都像废铁，打也打不得、铸也铸不得，不成材，不成器，那有什么用呢？反之，人少，哪怕个个像一线底钢丝，分有分底用处，合有合的用处。但是真钢和废铁在本质上本来没有多少区别，真钢若不磨砺锻炼也可以变为废铁。废铁若经过改造也可以变为真钢。若是连一点也炼不出来，那只可称为锈，连名叫废铁也有点够不上。一个民族底存在，也像铁一样，不怕锈，只怕锈到底。锈到底的民族是没有希望底。可是要怎样才能使一个民族底铁不锈，或者进一步说，怎能使它永远有用，永远犀利呢？民族底存在，也像“逆水行舟，不进则退”，退到极点，便是灭亡。所以这是个民族生存底问题。

民族，可以分为两种，就是自然民族与文化民族。自然民族是“不识不知，顺帝之则”底。这种民族像蕴藏在矿床里底自然铁，无所谓成钢，也无所谓生锈。若不与外界接触，也许可以永远保存着原形。文化民族是离开矿床底铁，和族外有不断的交通。在这种情形底下，可以走向两条极端的道路。若是能够依民族自己的生活的理想与经验来保持他底生命，又能采取他民族底长处来改进他底生活，那就是有作为，能向上的。这样的民族底特点是自觉的，自给的，自卫的。若不这样，一与他民族接触，便把自己的一切毁灭掉，忘掉自己，轻侮自己，结果便会走到灭亡底命运。我们知道自古到今，可以够得上称为文化民族底有十个。

第一，苏摩亚甲民族（Sumerian Akkadian）。这民族文化发展底最高点是从西纪前三二〇〇年到一八〇〇年。

第二，埃及民族（Egyptian）。发展底顶点是从西纪前二八〇〇年到一二〇〇年。

第三，赫代亚述民族（Hittite-Assyrian）。起自小亚细亚中部，最后造成大利乌王（Darius）底伊兰帝国。发展底顶点是从西纪前一八〇〇年到八〇〇年。

第四，中华民族。发展底顶点是从周到汉，就是西纪前一一二六年到西纪二二〇年。

第五，印度民族。发展的时代也和中华民族差不多，但是降落得早一点。

第六，希腊罗马民族。这两民族文化是一线相连底，所以可以当做一个文化集团看。发展底顶点是从西纪前约一二〇〇年起于爱琴海岸直到罗马帝国底末运，西纪二九五年。

第七，犹太天方民族。这民族底文化从西纪前六〇〇年起于犹太直到回教建立以后几百年间。

第八，摩耶民族（Maya）。发生于美洲中部，时间或者在西纪前六〇〇年，到新大陆被发现后，西班牙人把这民族和文化一齐毁灭掉。

第九，西欧民族：包括日耳曼，高卢，盎格鲁撒逊诸民族。发展底顶点从西纪九〇〇年直到现在。

第十，史拉夫民族。这民族底文化以俄罗斯为主，产生于欧战后，时间离现在太近，还不能定出发展底倾向来。

我们看这十个文化民族，有些已经消灭，有些正在衰落，有些在苟延残喘，有些还可以勉强支持，有些正在发生。在这十个民族以外，当然还有文化民族，像日本民族，斯干地那维安民族，北美民族，等都是。但严格地说起来，维新以前底日本文化不过是中华文化底附庸，维新后又是属于西欧的。所以大和的文化或者还在孕育的时期罢。同样，北美和北欧底民族也是承受西欧底系统，还没有建立为特殊的文化。美利坚虽然也在创造新文化底行程上走，但时间仍是太短，未能如史拉夫民族那么积极和显明。此地并不是要讨论谁是文化民族和谁不是，只是要指出所举底民族文化发荣时期好像都在一千几百年间，他们底兴衰好像都有一定的条件。若合乎兴盛底条件，那民族便可以保存，不然，便渐次趋到衰灭。所以一种文化能被维持得越久长，传播越广远就够得上称为伟大。伟大的和优越的文化存在于伟大的民族中间。所谓伟大是能够包容一切美善的事物底意思，所谓优越是凡事有进步，不落后底意思。包容底范围有广狭，进步底程度有迟速，在这里，文化民族间底优劣就显出来了。进步得慢，包容得狭，还可以维持，怕底不能够容而且事事停顿。停顿就是退步，就容易被高文化底民族，甚至于野蛮民族的征服。然则要怎样才能使文化不停顿呢？不停顿的文化是造成伟大民族的要素。所以我们可以换一句话来问，要具什么条件才能造成伟大的民族？现在且分列在下面。

一 凡伟大的民族必拥有永久性底典籍和艺术

典籍与艺术是连续文化底线。线有脆韧，这两样也有久暂。所谓永久性是说在一个民族里，从他的世界观与人生观所产出底典籍多寓“恒久之至道，不利之鸿教”(《文心雕龙·宗经》)：艺术作品在无论在什么时代都能“奋至德之光，动四气之和，以著万物之理”，乃至能使人间“耳目聪明，血气和平，移风易俗，天下皆宁”。(《礼记·乐记》)典籍和艺术虽然本身含有永久性，也得依赖民族自己底信仰，了解，和爱护才能留存。古往今来，多少民族丢了他们宝贵的文化产品，都由于不知爱惜，轻易舍弃。我们知道一个民族底礼教和风俗是从自有的典籍和艺术底田地发育而成底。外来的理想和信仰只可当做辅成的材料，切不可轻易地舍己随人。民族灭亡底一个内因，是先舍弃自己的典籍和艺术，由此，自己的礼俗也随着丧失。这样一代一代自行摧残，民族的特性与特色也逐渐消灭，至终连自己底生存也陷入危险的境地，所以永久性是相对的，一个民族当先有民族意识然后能保持他底文化的遗产。

二 凡伟大的民族必不断地有重要的发明与发现

学者每说“需要是发明之母”，但是人间也有很需要而发明不出来底事实。好像汽力和电力，飞天和遁地底器具，在各民族间不能说没需要。汽力和电力所以代身体的劳力，既然会用牛马，便知人有寻求代劳事物底需要，但人间有了很久的生活经验，却不会很早地梦想到利用它们。飞天和遁地底玄想早已存在，却要到晚近才实现。可见在需要之外，应当还有别的条件。我权且说这是“求知欲”与“求全欲”。人对于宇宙间底物与则当先有欲知底意志；由知而后求透彻的理解，由理解而后求完全的利用。要如此发明与发见才可以办到。凡能利用物与则去创物既创成又能时刻改进，到完美地步都是求知与求全底欲望所驱使底。中华民族底发明与发见能力并不微弱，只是短少了求全底欲望，因此对于所创底物，所说底物，每每为盲目的自满自足。一样物品或一条道理被知道以后，再也没有进前往深追究底人。乃至凡有所说，都是推磨式的，转来转去，还是回到原来那一点上。血液循环底原理在中国早已被发现，但“运行血气”底看法于医学上和解剖学上没有多少贡献。木鸢飞天和飞车行空底事情，自古有其说，最多只能被认为世界最初会放风筝底民族，我们却没有发展到飞机底制造。木牛流马没有发展到铁轨车，火药没用来开山疏河，种种等等，并非不需要，乃因想不到。想不到便是求知与求全底欲望不具备底结果。想不到便是不能继续地发明与发现底原因。

然则，要怎样才能想得到呢？现代的发现与发明，我想是多用手的原故。人之所以为人，能用手是主要的条件之一。由手与脑连络便产生实际的知识。古代文明与现代文明底区分，只是偏重脑与偏重手底关系。古人以手作为贱役，所以说劳力者是役于人底。他们所注重底是思想，偏重于为人间立法立道，使人有文有礼，故此哲学文学艺术都有相当的成就。现代人不以手作劳动为贱役，他们一面用手，一面用心，心手相应底结果便产出纯正的科学。不用手去着实做，只用脑来空想，绝不会产生近代的科学。没有科学，发明与发见也就难有了。我们可以说旧文化是属于劳心不劳力底有闲者所产，而新文化是属心手俱劳底劳动者底。而在两者当中。偶一不慎便会落到一个也不忙，也不闲，庸庸碌碌，浑浑沌沌底窠臼里。在这样的境地里，人做什么他便跟着做什么；人说什么他便随着说什么。我们没有好名称送给这样的民族文化，只可说是“嘴唇文化”，“傀儡文化”，或“鹦鹉禅的文化”。有这样文化底民族，虽然可以享受别人所创底事物，归到根柢，他便会萎靡不振，乃至于灭亡，岂但弱小而已！

三　凡伟大的民族必具有充足的能力足以自卫卫人

一个伟大的民族是强健的，威武的。为维持正义与和平当具有充足的能力。民族底能力最浅显而具体的是武备所以说，“兵者，国之大事，死生之地，存亡之道，不可不察也”。(《孙子·始计》) 伟大民族底武备并不是率禽兽食人或损人肥己底施。吴起说兵底名有五种：“一曰义兵，二曰强兵，三曰刚兵，四曰暴兵，五曰逆兵。禁暴救乱曰义；恃众以伐曰强；因怒兴师曰刚；弃礼贪利曰暴；国乱人疲，举事动众曰逆。”（《吴子·图国》）战争是人类还没离兽生活底行为，但在距离大同时代这样道阻且长的情形底下人不能不戒备，所以兵是不可少的。禁暴救乱是伟大民族底义务。他不能容忍人类受任何非理的摧残，无论族内族外，对于刚强暴逆诸兵，不恤舍弃自己去救护。要达到这个地步，民族自己的修养是不可缺乏底。他要先能了解自己，教训自己，使自己底立脚处稳固，明白自己所负底责任，知道排难解纷并不是由于恚怒和贪欲，乃是为正义上的利人利己。我们可以借佛家底教训来说明自护护他底意义。“若自护者，即是护他；若护他者，便成自护。云何自护即是护他？自能修习。多修习故，有所证悟。由斯自护，即是护他。云何护他使成自护？不恼不恚，无怨害心，常起慈悲，愍念于物。是名护他变成自护。”（《有部毗奈耶·下十八》）能具有这种精神才配有武备。兵可以为义战而备，但不一定要战，能够按兵不动，用道理来折服人。乃是最高的理想。孙子说：“百战百胜，非善之善者也；不战而屈人之兵，善之善也。”（《谋攻》）这话可以重新地解说。我们生在这有武力才能讲道义底时代，更当建立较高的理想，但要能够自护才可以进前做。如果自己失掉卫护自己底能力那就完了。摩耶民族底文化被人毁灭，未必是因为当时底欧洲人底道德高尚或理想优越，主要原因还是自卫底能力低微罢了。

四 凡伟大的民族须有多量的生活必须品

物质生活是生物绝对的需要。所以天产底丰敛，与民族生产力底强弱，也是决定民族命运底权衡。我们可以说凡伟大的民族都是自给的，不但自给，并且可以供给别人。反过来说，如果事事物物仰给于人，那民族就像笼中鸟，池里鱼，连生命都受统制，还配讲什么伟大？假如天赐底土地不十分肥沃，能进取底民族必要用心手去创造，不达到补天开物底功效不肯罢休。就拿粮食来说罢，“民以食为天”，没得粮食是变乱和战争底一个根源。若是粮食不足，老向外族求籴，那是最危险不过底事。正当的办法是尽地力，尽天工，尽人事。能使土地生产量增加是尽地力。能发见和改善无用的植物使它们成为农作物是尽天工。能在工厂里用方法使一块黏土在很短的期间变成像麦粉一样可以吃得底东西是尽人事。中华古代底社会政策在物质生活方面最主要的是足食主义。“国无九年之蓄曰不足；无六年之蓄曰急；无三年之蓄曰国非其国也。”（《礼记・王制》）无三年之蓄即不能成国，何况连一日之蓄都没有呢？在理想上，应有九年之蓄，然后可以将生产品去供给别人，不然，便会陷入困难的境地，民族底发展力也就减少了。

五 凡伟大的民族必有生活向上底正当理想，不耽于物质的享受

物质生活虽然重要，但不能无节制地享用。沉湎于物质享受底民族是不会有高尚的理想底。一衣一食，只求其充足和有益，爱惜物力，守护性情深思远虑，才能体会他和宇宙的关系。人类底命运是被限定的，但在这被限定底范围里当有向上底意志。所谓向上是求全知全能底意向，能否得到且不管它，只是人应当努力去追求。为有利于人群，而不教自己或他人坠落与颓废底物质享受是可以有底。我们也可说伟大的民族没有无益的嗜好，时时能以天地之心为心。古人所谓“明明德，止至善”，便是这个意思。我信人可以做到与天同体，与地合德底地步，那只会享受不乐思惟底民族对于这事却不配梦想。

六 凡伟大的民族必能保持人生底康乐

人生底目的在人人能够得到安居乐业。人对于他底事业有兴趣才会进步。强迫的劳作或为衣食而生活是民族还没达到伟大的境地以前所有底事情。所谓康乐并不是感官的愉快，乃是性情底满足，由勤劳而感到生活底兴趣。能这样才是真幸福。在这样的社会里，虽然免不了情感上的与理智上的痛苦，而体质上的缺陷却很少见。到这境地人们底情感丰富，理智清晰，生无贪求，死无怨怼，他们没

有像池边底鹭鸶或街旁底瘦狗那样底生活。

以上六条便是造成伟大民族底条件。现存的民族能够全备这些条件底，恐怕还没有。可是这理想已经存在各文化民族意识里，所以应有具备底一天。我们也不能落后，应当常存着像《礼记·杂记》中所说底“三患”和“五耻”底心，使我们底文化不致失坠。更应当从精神上与体质上求健全，并且要用犀利的眼，警觉的心去提防克服别人所给底障碍。如果你觉得受人欺负而一时没力量做什么，便大声疾呼要“卧薪尝胆”，你得提防敌人也会在你所卧底薪上放火，在所尝底胆里下毒药。所以要达到伟大底地步，先得时刻警醒，不要把精力闲用掉，那就有希望了。

冰森对我说这稿曾有笔记稿寄到报馆去，因为详略失当，错漏多有，要我自己重写出来。写完之后，自己也觉得没有新的见解，惭愧得很，请读者当随感录看吧。

作者附记

原载1935年2月8日《北平晨报·北晨学园》第779期；选自《杂感集》，上海商务印书馆1946年初版。

青年节对青年讲话

在二十二年前底今日也是个星期日，我还在燕京大学读书。当日在天安门聚齐，怎样向交民巷交涉，怎样到栖凤楼去，到现在还很明显地一桩一件出现在我底回忆里。不过今天我没工夫对诸位细说当日底情形与个人底遭遇，所要说底只是五四运动底意义，与今后我们青年人所当努力底事情。大学生对于社会与政治底关心，是我们自古以来底传统理想，因为求学目的是在将来能为国家服务，同时也是训练各人对于目前的政治与社会问题底态度与解答。当国家在危难时期，尤其需要青年对于种种问题，与实况有深切的了解与认识。他们得到刺激之后，更能为国认真向学，与努力做人。我们常感觉到年长的执政们，有时候脑筋会迟钝一点，对于当前问题底感觉未必会像青年人那么敏锐，又因为他们底生活安定了，虽然经验与理智告诉他们应当怎样做，他们却不肯照所知所见，与所当走底路途去做去行。因此，青年人底政治意见底表示，就很可以刺激他们，使他们详加考虑和审慎地决断。五四运动底意义是在这点上头，不幸事件底发生，不过是偶然的。若以打人烧屋来赞扬五四运动当日底学生，那就是太低看了那次底学生行为了。

五四运动底光荣是过去了，好汉不说当年勇，我们有为的青年应当努力于现在与将来，使中国能够发展成为一个近代的国家。我每觉得我们国民底感觉太迟钝，做事固然追不上时间，思想更不用说，在教育界中间甚至有些人一点思想，一毫思想都没有。教书底人没有教育良心，读书底人没有学习毅力，互相敷衍，互相标榜，互相欺骗。当日五四底学生，今日有许多已是操纵国运底要人，试问他们有了什么成绩，有许多人甚且回到科举时代底习尚，以为读书人便当会做诗，写字，绘画，不但自己这样做，并且鼓励学生跟着他们将有用的时间，费在无用或难以成功底事情上。他们盲目地鼓吹保存国粹，发展中国固有文化，不知道他们所保存底只是国渣滓而已。试拿保存中国文字一件事来说，我如果不认定文字不过是传达思想底工具，就会看它为民族底神圣遗物，永远不敢改变它，甚至会做出错误的推理说，有中国文字然后有中国文化，但是我们要知道中国文字并未发展到科学化的阶段便停止了。生于现代而用原始的工具，无论如何是有害无利的。现代的文明是速度的文明，人家底进步一日万里，我们还在抱残守阙，无论如何，是会落后的。中国文字不改革，民族底进步便无希望。这是我敢断言底。我敢再进一步说，推行注音字母还不够，非得改用拼音字不可。现在许多青年导师，不但不主张改革中国文字，反而提倡书法，以为中国字特别具有艺术价值，值得提倡。说这样话底人们，大概没到过欧美图书馆去看看中古时代，僧侣们写底圣经和其它稿本。写的文字形式一样可以令人发生美感，古人闲得很，可以多用工夫消磨在写字上。现代人若将时间这样浪费，那就不应当了。文字形式底美，与其它器具，如椅桌等底一样，它底美底价值与纯艺术，如绘画雕刻等不同，因为它主要目的在用而不在欣赏。我们要将用来变成欣赏也未尝不可，甚至欣赏到无用而有害的东西，如吸烟、打麻啡之类，也只得由人去做，不过不是应当青年人提倡底种种。近日有人教狗虱做戏，在技巧方面说是可以底，若是当它做艺术看那就太差了。提倡书法也与提倡做狗虱戏一样无关大雅，近日人好皮毛的名誉，以为能写个字，能画两笔，便是名家。因此，不肯从真学问处下工夫，这是太可惜太可怜了。

青年节是含有训练青年人底政治意识与态度底作用底。我们的民族正入到最危难的关头，国民对于民族生存底大目标固然要一致，为要达到生存底安全也要一致地努力，但对于国家前途底计划，意见纵然不一致，也当彼此容忍，开诚布公，使磨擦减少。须知我们自己若不能相容，我们便不配希望人家底帮助与同情。我们对内底严重症结在贪污与政治团体底意见分歧与互相猜忌，国防只是党防，抗战不能得预期的效果多半是由于被上头所指出底贪污底绳与猜忌底索的绊缠。这样下去，那能了得？前几日偶然翻到日本平凡社刊行底百科大事汇，在缅甸一条里，论者说缅甸人性好猜忌，是亡国民族底特征。编者对缅甸人底观察与判断我不敢赞同，但亡了国之后，凡人类所有的劣根性都会意外地被指摘出来。我也承认亡国民族有他底特征，而这些都是积渐发展而来底。前七八年我写了一篇伟大民族底条件底论文，在北平晨报发表过，我底中心意见是以为伟大民族不是天生成的，须要劣根性排除，自己努力栽培自己使他习惯成自然，自然就会脱离蛮野人与鄙野人底境地。我现在要讲亡国民族的特征，除了上头所讲底两点以外，我们可以说还有五点。一、嫉妒。没落底民族底个人总是希望人家底能力学力等等都不如他。凡有比他好的，就是一分一毫，他也很在意。他专会对别人算帐，自己的胡涂帐却不去问，总要拿自己来与人家比，看不得一件好事情一个好见地给别人做了或提出来了，他非尽力破坏不可。这是亡国民族的一个特征。二，好名。亡国民族底个人因为地位上已有高下，尤其喜欢得着虚名，但由自己的努力得来底名誉是很少见底。名誉底来到，多是由于同党者底互相标榜。做事不认真，却要得到人家底赞美。现在单从学术的研究来说，我们常常看见报上登载底某某发明什么东西比外国发明更好。更好，固然是应该，但要不自吹。东西真是超越，也不必鼓吹，而且许多与国防上有关底发明，若是这样大吹大擂地刊报出来，岂不是大有损害？我们看见这样大吹大擂底报，总会感觉到只是发明家底好名，并非他真有所发明。三，无恒。亡国底民族个人多半不肯把一件事情做好，他做事多半为名为利，从不肯牢站在自己的岗位。凡事，只要能使他底生活安适一点，不一定是能使他底事业更有成就底，他必轻易地改变他底职业。这样永远只能在人支配之下讨生活，永不会有什么成就底。四，无情。中国一讲到无情便连想到无义，所以，无情无义是相连的。一个人对别人底痛苦艰难，毫无关心，甚至只知道自己的利益与安适，不顾全大局，间接地吃人肉，直接地掠人财，在这几年底抗战期间，出了一批发国难财底“官商”与“商官”！他们底假公济私，对于民众需要的生存与生活资料用巧妙的方法榨取与禁制，凡具有些少人心底人，对于他们无不痛恨。这种无同情心底情形，在亡国底民族中更显现得明白。五，无理想。每一个生存着和生长着底民族必定有他底生存理想。远大的理想本来不容易生产，不过要有民族永远的生存就得立一个共同的理想。在亡国民族中间，“理想”是什么还莫名其妙，那讲什么理想呢？因为自己没有理想，所以自己的行为便翻来覆去，自己的言论便常露出矛盾的现象。女人们都要争妇女地位，反对纳妾，可是有多少受高等教育底女子们，愿意去做大官阔贾底“夫人”，只要“如”字不要，便可以自欺欺人。她们反对男子纳妾，自己却甘心作妾。还有许多政客官僚，为自己底地位与权力，忘记了他们平日底主张，在威迫利诱之下，便不顾一切，去干卖国卖群底勾当。五四时代热心青年中间不少是沉沦了底，这里我也不愿意多说了。

以上所讲底几点，不是说我们底民族中间都已有了这些特征，只是为要提醒我们，教大家注意一下。我们不要想着亡了国是和古时换了一个朝代一样。现代的亡国现象，决不是换朝代，是在种族上被烙上奴隶底铁印，子子孙孙永远挣扎不起来。在异族统治底下，上头所举底几个劣根性，要特别地被发展起来。颓废的生活，自我的享受，成为一般亡国民族底生活型。因为在生活底，进展底机会上，样样是被统治了底。第一是学术统制。近代的国家，感觉到将来的战争会趋于脑力高下底争斗，凡有新知识，已经秘藏了许多。去外国留学已不如从前，那么容易得人家底高深学问，将来可以料想得到，除掉街头巷尾可以买得到底教科书以外，稍为高等和专门一点的书籍，恐怕也要被统制起来，非其族人，决不传授。这样的秦皇政策，我恐怕在最近就会渐渐施行起来底。学力比人差，当然得死心塌地地受人家支配，做人家底帮手。第二是职业会受统制。就使你有同等学力与经验，在非我族类底原则底下，你是不能得到相当底职业底。有许多事业，人家决不会让你去做。一个很重要的机关，你当然不能希望进得去那门槛。就是一件普通的事业，也得尽先用自己的人，这样你纵然有很大的才干，也是没有机会发展出来了。第三是经济的统制。在奴主关系民族中间，主民族底生活待遇不用说是从奴民族榨取底。所以后者所受底待遇央不能比前者好。主人吃的是肉，狗啃底是骨头，是永世不易的公例。经济能力由于有计划底统制，越来便会越小，越小就越不敢生育。纵使生育子女，也没有力量养育他们，这样下去，民族底生存便直接受了影响。数百年后，一个原先繁荣底民族，就会走到被保存底地步。我很怕将来的中华民族也会像美洲底红印第安人一样，被划出一个地方，做为民族底保存区域，留一百几十万人，做为人类过去种族与一种文化民族遗型，供人家底学者来研究。三时五时到那区域去，看看中国人怎样用毛笔画小鸟，写草字，看看中国人怎样拜祖先和打麻雀。种种色色，我不愿意再往下说了。我只要提醒诸位，中国底命运是在青年人手里。青年现在不努力挣扎，将来要挣扎就没有机会了。将来除了用体力去换粥水以外，再也不能有什么发展了。我真是时时刻刻为中国底前途捏一把冷汗。

青年节本不是庆祝的性质，我们不是为找开心来底。我们要在这个时节默想我们自己的缺点，与补救底方法。我们当为将来而努力，回想过去，乃是帮助我们找寻新路径底一个方法。所以青年节对于我们是有意义底。若是大家不忘记危亡底痛苦，大家努力向前向上，大家才配纪念这个青年节。我们可以说五四过去的成绩，是与现在的青年没有关系底。我们今后底成绩，才与现在青年节有关系。

原载1941年5月20日香港《大公报·学生界》第289期；选自《国粹与国学》，上海商务印书馆1947年初版。

国粹与国学

“国粹”这个名词原是不见于经传底。它是在戊戌政变后，当“中学为体，西学为用”底呼声嚷到声嘶力竭底时候所呼出来底一个怪口号。又因为《国粹学报》底刊行，这名词便广泛地流行起来。编《辞源》底先生们在“国粹”条下写着“一国物质上，精神上，所有之特质。此由国民之特性及土地之情形，历史等，所养成者”。这解释未免太笼统，太不明了。国民的特性，地理底情形，历史底过程，乃至所谓物质上与精神上底特质，也许是产生国粹底条件，未必就是国粹。陆衣言先生在《中华国语大辞典》里解释说，“本国特有底优越底民族精神与文化”，就是国粹。这个比较好一点，不过还是不大明白。在重新解释国粹是什么之前，我们应当先问条件。

一、一个民族所特有底事物不必是国粹。特有底事物无论是生理上底，或心理上底，或地理上底，只能显示那民族底特点，可是这特点，说不定连自己也不欢喜它。假如世间还有一个有尾巴底民族，从生理上底特质，使他们底尾巴显出手或脚底功用，因而造成那民族底精神与文化。以后他们有了进化学底知识，知道自己身上底尾巴是连类人猿都没有了底，在知识与运动上也没有用尾巴底必要，他们必会厌恶自己底尾巴，因而试要改变从尾巴产出来底文化。用缺乏碘质底盐，使人现出粗颈底形态，是地理上及病理上底原因。由此颈腺肿底毛病、说话底声音、衣服底样式，甚至思想，都会受影响底。可是我们不能说这特别底事物是一种“粹”，认真说来，却是一种“病”。假如有个民族，个个身上都长了无毒无害的瘿瘤，忽然有个装饰瘿瘤底风气，渐次成为习俗，育为特殊文化，我们也不能用“国粹”底美名来加在这“爱瘿民族”底行为上。

二、一个民族在久远时代所留下底遗风流俗不必是国粹。民族底遗物如石镞、雷斧；其风俗，如种种特殊的礼仪与好尚，都可以用物质的生活，社会制度，或知识程度来解释它们，并不是绝对神圣，也不必都是优越的。三代尚且不同礼，何况在三代以后底百代万世？那么，从久远时代所留下底遗风流俗，中间也曾经过千变万化，当我们说某种风俗是从远古时代祖先已是如此做到如今底时候，我们只是在感情上觉得是如此，并非理智上真能证明其为必然。我们对于古代事物底爱护并不一定是为“保存国粹”，乃是为知识、为知道自己的过去，和激发我们对于民族底爱情。我们所知与所爱底不必是“粹”，有时甚且是“渣”。古坟里底土俑，在葬时也许是一件不祥不美之物，可是千百年后会有人拿来当做宝贝，把它放在紫檀匣里，在人面前被夸耀起来。这是赛宝行为，不是保存国粹。在旧社会制度底下，一个大人物底丧事必要举行很长时间底仪礼，孝子如果是有官守底，必定要告“丁忧”，在家守三年之丧。现在的社会制度日日在变迁着，生活底压迫越来越重，试问有几个孝子能够真正度他们底“丁忧”日子呢？婚礼底变迁也是很急剧的。这个用不着多说，如到十字街头睁眼看看便知道了。

三、一个民族所认为美丽的事物不必是国粹。许多人以为民族文化的优越处在多量地创造各种美丽的事物，如雕刻、绘画、诗歌、书法、装饰等。但是美或者有共同的标准，却不能说有绝对的标准底。美底标准寄在那民族对于某事物底形式，具体的或悬像的好尚。因好尚而发生感情，因感情底奋激更促成那民族公认他们所以为美的事物应该怎样。现代的中国人大概都不承认缠足是美，但在几十年前，“三寸金莲”是高贵美人的必要条件，所谓“小脚为娘，大脚为婢”，现在还萦回在年辈长些底人们的记忆里。在国人多数承认缠足为美的时候，我们也不能说这事是国粹，因为这所谓“美”，并不是全民族和全人类所能了解或承认底。中国人如没听过欧洲底音乐家歌咏，对于和声固然不了解，甚至对于高音部底女声也会认为像哭丧底声音，毫不觉得有什么趣味。同样地，欧洲人若不了解中国戏台上底歌曲，也会感觉到是看见穿怪样衣服底疯人在那里做不自然的呼嚷。我们尽可以说所谓“国粹”不一定是人人能了解底，但在美底共同标准上最少也得教人可以承认，才够得上说是有资格成为一种“粹”。

从以上三点，我们就可以看出所谓“国粹”必得在特别，久远，与美丽之上加上其它的要素。我想来想去，只能假定说：一个民族在物质上，精神上与思想上对于人类，最少是本民族，有过重要的贡献，而这种贡献是继续有功用，继续在发展底，才可以被称为国粹。我们假定底标准是很高的。若是不高，又怎能叫做“粹”呢？一般人所谓国粹，充其量只能说是“俗道”底一个形式（俗道是术语 Folk-Ways 底翻译，我从前译做“民彝”）。譬如在北平，如要做一个地道的北平人，同时又要合乎北平人所理想底北平人底标准底时候。他必要想到保存北平底“地方粹”，所谓标准北平人少不了底六样——天棚、鱼缸、石榴树、鸟笼、叭狗、大丫头——他必要具备。从一般人心目中的国粹看来，恐怕所“粹”的也像这“北平六粹”，但我只承认它为俗道而已。我们底国粹是很有限的，除了古人底书画与雕刻，丝织品、纸、筷子、豆腐，乃至精神上所寄托底神主等，恐怕不能再数出什么来。但是在这些中间已有几种是功用渐次丧失底了。像神主与丝织品是在趋向到没落底时期，我们是没法保存底。

这样“国粹沦亡”或“国粹有限”底感觉，不但是我个人有，我信得过凡放开眼界，能视察和比较别人底文化底人们都理会得出来。好些年前，我与张君劢先生好几次谈起这个国粹问题。有一次，我说过中国国粹是寄在高度发展底祖先崇拜上，从祖先崇拜可以找出国粹底种种。有一次，张先生很感叹地说：“看来中国人只会写字作画而已。”张先生是政论家，他是叹息政治人才底缺乏，士大夫都以清谈雅集相尚，好像大人物必得是大艺术家，以为这就是发扬国光，保存国粹。《国粹学报》所揭橥底是自经典底训注或诗文字画底评论，乃至墓志铭一类底东西，好像所萃底只是这些。“粹”与“学”好像未曾弄清楚，以致现在还有许多人以为“国粹”便是“国学”。近几年来，“保存国粹”底呼声好像又集中在书画诗古文辞一类底努力上，于是国学家、国画家，乃至“科学书法家”，都像负着“神圣使命”，想到外国献宝去。古时候是外国到中国来进宝，现在的情形正是相反，想起来，岂不可痛！更可惜底，是这班保存国粹与发扬国光底文学家及艺术家们不想在既有底成就上继续努力，只会做做假骨董，很低能地描三两幅宋元画稿，写四五条苏黄字帖，做一二章毫无内容底诗古文辞，反自诩为一国底优越成就都荟萃在自己身上。但一研究他们底作品，只会令人觉得比起古人有所不及，甚至有所诬蔑，而未曾超越过前人所走底路。“文化人”底最大罪过，制造假古董来欺己欺人是其中之一。

我们应当规定“国粹”该是怎样才能够辨认，那样应当保存，那样应当改进或放弃。凡无进步与失功用底带“国”字头底事物，我们都要下工夫做澄清底工作，把渣滓淘汰掉，才能见得到“粹”。从我国往时对于世界文化底最大贡献看来，纸与丝不能不被承认为国粹。可是我们想想我们现在的造纸工业怎样了？我们一年中要向外国购买多量的印刷材料。我们日常所用底文具，试问多少是“国”字头底呢？可怜得很，连书画纸，现在制造底都不如从前。技艺只有退化，还够得上说什么国粹呢！讲到丝，也是过去的了。就使我们能把蚕虫养到一条虫可以吐出三条底丝量，化学底成就，已能使人造丝与乃伦丝夺取天然丝底地位。养蚕文化此后是绝对站不住底了。蚕虫要回到自然界去，蚕箔要到博物院，这在我们生存底期间内一定可以见得着底。

讲到精神文化更能令人伤心。现代化的物质生活直接和间接地影响到个个中国人身上。不会说洋话而能吃大菜，穿洋服，行洋礼底固不足为奇，连那仅能维系中国文化底宗族社会（这与宗法社会有点不同），因为生活底压迫，也渐渐消失了。虽然有些地方还能保存着多少形式，但它底精神已经不是那么一回事了。割股疗亲底事固然现在没人鼓励，纵然有，也不会被认为合理。所以精神文化不是简单地复现祖先所曾做，曾以为是天经地义底事，必得有个理性来维系它，批评它，才可以。民族所遗留下来底好精神，若离开理智的指导，结果必流入虚伪和夸张。古时没有报纸，交通方法也不完备，如须“俾众周知”底事，在文书底布告所不能用时，除掉举行大典礼，大宴会以外，没有更简便的方法。所以一个大人物底殡仪或婚礼，非得铺张扬厉不可。现在的人见闻广了，生活方式繁杂了，时间宝贵了，长时间底礼仪固然是浪费，就是在大街上吹吹打打，做着夸大的自我宣传，也没有人理会了。所谓遵守古礼底丧家，就此地说，雇了一班搽脂荡粉底尼姑来拜忏，到冥衣库去定做纸洋房，纸汽车乃至纸飞机；在丧期里，聚起亲朋大赌大吃，鼓乐喧天，夜以继日。试问这是保存国粹么？这简直是民族文化底渣滓，沉淀在知识落后与理智昏聩底社会里。在香港湾仔市场边，一到黄昏后，每见许多女人在那里“集团叫惊”，这也是文化底沉淀现象。有现代底治病方法，她们不会去用，偏要去用那无利益底俗道。评定一个地方底文化高低不在看那里底社会能够保存多少样国粹，只要看他们保留了多少外国底与本国底国渣便可以知道。屈原时代底楚国，在他看是醉了底，我们当前的中国在我看是疯了。疯狂是行为与思想回到祖先底不合理底生活，无系统底思想与无意识底行为底状态。疯狂的人没有批评自己底悟性，没有解决问题底能力，从天才说，他也许是个很好的艺术家或思想家，但决不是文化底保存者或创造者。

要清除文化的渣滓不能以感情或意气用事，须要用冷静底头脑去仔细评量我们民族底文化遗产。假如我们发现我们底文化是陈腐了，我们也不应当为它隐讳，愣说我们所有的一切都是优越的。好的固然要留，不好的就应当改进。翻造古人底遗物是极大的罪恶，如果我们认识这一点，才配谈保存国粹。国粹在许多进步的国家中也是很讲究底，不过他们不说是“粹”，只说是“国家的承继物”或“国家底遗产”而已（这两个词底英文是 National Inheritance，及 Legacy of the Nation）。文化学家把一国优越的遗制与思想述说出来给后辈的国民知道，目的并不在“赛宝”或“献宝”，像我们目前许多国粹保存家所做底，只是要把祖先底好的故事与遗物说出来与拿出来，使他们知道民族过去的成就，刺激他们更加努力向更成功的途程上迈步。所以知识与辨别是很需要的。如果我们知道唐诗，作诗就十足地仿少陵，拟香山，了解宋画，动笔就得意地摹北苑，法南宫，那有什么用处？纵然所拟底足以乱真，也不如真的好。所以我看这全是渣，全是无生命底尸体，全是有臭味底干屎橛。

我们认识古人底成就和遗留下来底优越事物，目的在温故知新，绝不是要我们守残复古。学术本无所谓新旧，只问其能否适应时代底需要。谈到这里，我们就检讨一下国学底价值与路向了。

钱宾四先生指出现代中国学者“以乱世之人而慕治世之业”，所学底结果便致“内部未能激发个人之真血性，外部未能针对时代之真问题”。这话，在现象方面是千真万确，但在解释方面，我却有些不同意见。我看中国“学术界无创辟新路之志趣与勇气”底原因，是自古以来我们就没有真学术。退一步讲，只有真学术底起头，而无真学术底成就。所谓“通经致用”只是“做官技术”底另一个说法，除了学做官以外，没有学问。做事人才与为学人才未尝被分别出来。“学而优则仕”，显然是鼓励为仕大夫之学。这只是治人之学，谈不到是治事之学，更谈不到是治物之学。现代学问底精神是从治物之学出发底。从自然界各种现象底研究，把一切分出条理而成为各种科学，再用所谓科学方法去治事而成为严密的机构。知识基础既经稳固，社会机构日趋完密，用来对付人，没有不就范底。治人是很难的，人在知识理性之外还有自己的意志，与自己的感情意气，不像实验室里底研究者对付他的研究对象，可以随意处置底。所以如不从治物与治事之学做起，则治人之学必贵因循，仍旧贯，法先王。因循比变法维新来得更有把握，代表高度发展底祖先崇拜底儒家思想，尤其要鼓励这一层。所谓学问，每每是因袭前人而不敢另辟新途。因为新途径底走得通与否，学者本身没有绝对的把握，纵然有，一般人底智慧，知识，乃至感情意气也未必能容忍，倒不如向着那已经有了权证而被承认底康庄大道走去，既不会碰钉，又可以生活得顺利些。这样一来，学问当然看不出是人格底结晶，而只为私人在社会上博名誉，占地位底凭藉。被认为有学问底，不管他有底是否真学问或哪一门底知识，便有资格做官。许多为学者写底传记或墓志，如果那文中底主人是未尝出仕底，作者必会做“可惜他未做官，不然必定是个廊庙之器”底感叹，好像一个人生平若没做过官就不算做过人似底。这是“学而优则仕”底理想底恶果。再看一般所谓文学家所作底诗文多是有形式无内容底“社交文艺”，和贵人底诗词，撰死人底墓志，题友朋或友朋所有底书画底签头跋尾。这样地做文辞才真是一种博名誉占地位底凭藉。我们没有伟大底文学家，因为好话都给前人说尽了，作者只要写些成语，用些典故，再也没有可用底工夫了。这样情形，不产生“文抄公”与“誊文公”，难道还会笃生天才底文豪，诞降天纵底诗圣么?

学术原不怕分得细密，只问对于某种学术有分得这样细密底必要没有。学术界不能创辟新路，是因没有认识问题，在故纸堆里率尔拿起一两件不成问题而自己以为有趣味底事情便洋洋洒洒地做起“文章”来。学术上的问题不在新旧而在需要，需要是一切学问与发明底基础。如果为学而看不见所需要底在哪里，他所求底便不会发生什么问题，也不会有什么用处。没有问题底学问就是死学问，就是不能创辟新途径底书本知识。没有用处底学问就不算是真学问，只能说是个人趣味，与养金鱼、栽盆景，一样地无关大旨，非人生日用所必需底。学术问题固然由于学者底知识底高低与悟力底大小而生，但在用途上与范围底大小上也有不同。“一只在园里爬行底龟，对于一块小石头便可以成为一个不可克服的障碍物，设计铁道线底工程师，只主要地注意到山谷广狭底轮廓；但对于想着用无线电来联络大西洋底马可尼，他底主要的考虑只是地球底曲度，因为从他底目的底看来，地形上种种详细情形是可以被忽视底。”这是我最近在一本关于生物化学的书（W.O.Kermock and P.Eggleton：The Stuff We' re of.pp.15-16）里头所读到底一句话。同一样的交通问题，因为知识与需要底不同便可以相差得那么远。钱先生所举出的“平世”与“乱世”之学的不同点，在前者注重学问本身，后者贵在能造就人才与事业者。其实前者为后者底根本，没有根本，枝干便无从生长出来。我们不必问平世与乱世，只问需要与不需要。如有需要，不妨把学术分门别类，讲到极窄狭处，讲到极精到处；如无所需，就是把问题提出来也嫌他多此一举。一到郊外走走，就看见有许多草木我们连名字都不知道，其中未必没有有用的植物，只因目前我们未感觉需要知道它们，对于它们毫无知识还可以原谅。如果我们是植物学家，那就有知道它们底需要了。在欧美有一种种草专家，知道用那种草与那种草配合着种便可以使草场更显得美观，和耐于践踏，易于管理，冬天还可以用方法教草不黄萎。这种专门学问在目前底中国当然是不需要，因为我们底生活程度还没达到那么高，稻粱还种不好，那能讲究到草要怎样种呢？天文学是最老底学问，却也是最幼稚的和最新的学术，我们在天文学上底学识缺乏，也是因为我们还没曾需要到那么迫切。对于日中黑点底增减，云气变化底现象，虽然与我们有关系，因为生活方式未发展到与天文学发生密切关系底那步田地，便不觉得它有什么问题，也不觉得有研求底需要了。一旦我们在农业上，航海航空上，物理学上，乃至哲学上，需要涉及天文学底，我们便觉得需要，因为应用到日常生活上，那时，我们就不能说天文学是没有用底了。所以不需要就没有学问，没有学问就没有技术。“不需无学，不学无术”，我想这八个字应为为学者底金言；但要注意后四个字底新解说是不学问就没有技术，不是骂人底话。

中国学术底支离破碎，一方面是由于“社交学问”底过度讲究，一方面是为学人才底无出路。我所谓社交学问就是钱先生所谓私人在社会博名誉占地位底学问。这样的“学者”对于学问多半没有真兴趣，也不求深入，说起来，样样都懂，门门都通，但一问起来，却只能作皮相之谈。这只能称为“为说说而学问”，还够不上说“为学问而学问”。我们到书坊去看看，太专门的书底滞销，与什么ABC，易知，易通之类底书底格外旺市，便可以理会“讲专门窄狭之学者”太少了。为学人才与做事人才底分不开，弄到学与事都做不好。做事人才只须其人对于所事有基本学识，在操业底进程上随着经验去求改进，从那里也有达到高深学识底可能，但不必个个人都需要如此底。为学人才注重在一般事业上所不能解决或无暇解决底问题底探究。譬如电子底探究，数理底追寻，乃至人类与宇宙底来源，是一般事业所谈不到底，若没有为学人才去做工夫，我们底知识是不完备底。欧美各国都有公私方面设立底研究所，学院，予学者以生活上相当的保障。各大学都有“学侣”底制度，使新进的学人能安心从事于学业，在中国呢？要研究学问，除非有钱，有闲，最低限度也得当上大学教授，才可说得上能够为学。在欧美底余剩学者最少还有教会可投；在中国，连大学教授也有吃不饱底忧虑。这样情形，繁难的学术当然研究不起，就是轻可的也得自寻方便，不知不觉地就会跑到所谓国学底途程上，这样的学者，因为吃不饱，身上是贫血底，怎能激发什么“真血性”？因为是温故不知新，知识上也是贫血底，又怎能针对什么“真问题”呢？今日中国学术界底弊在人人以为他可以治国学，为学底方法与目的还未弄清，便想写“不朽之作”，对于时下流行底研究题目，自己一以为有新发现或见解，不管对不对，便武断地写文章。在发掘安阳，发现许多真龟甲文字之后，章太炎老先生还愣说甲骨文都是假的！以章先生底博学多闻还有执着，别人更不足责了。还有，社交学问本来是为社交，做文章是得朋友们给作者一个大拇指看，称赞他几句，所以流行底学术问题他总得猎涉，以资谈助；讨论龟甲文底时候，他也来谈龟甲文，讨论中西文化底潮流高涨时，他也说说中西文化，人家谈佛学，他就吃起斋来，人家称赞中国画，他就来几笔松竹梅，这就是所谓“学风”底坏现象，这就是“社交学问”底特征。

钱先生所说“学者各榜门户，自命传统”，在国学界可以说相当地真。“学有师承”与“家学渊源”是在印版书流行之前，学者不容易看到典籍，谁家有书他们便负笈前去拜门。因为书底抄本不同，解释也随着歧异，随学底徒弟们从师傅所得底默记起来或加以疏说，由此互相传授成为一家一派底学问，这就是“师承”所由来。书籍流行不广底时代，家有藏书，自然容易传授给自己的子孙，某家传诗，某家传礼，成为独门学问，拥有底甚可引以为荣，因此为利，婚宦甚至可以占便宜，所以“家学渊源”底金字招牌，在当时是很可以挂得出来底。自印版书流行以后，典籍伸手可得，学问再不能由私家独占，只要有读书底兴趣，便可以多看比一家多至百倍千倍底书，对于从前治一经只凭数卷抄本甚至依于口授乃不能不有抱残守阙底感想。现在的学问是讲不清“师承”底，因为“师”太多了，承谁底为是呢？我在广州曾于韶舞讲习所从龙积之先生学，在随宦学堂受过龙伯纯先生底教，二位都是康有为先生底高足，但我不敢说我师承了康先生底学统。在大学里底洋师傅也有许多是直接或间接承传着西洋大学者底学问底，但我也不敢自称为哲姆斯，斯宾塞，柏格森，马克思，慕乐诸位底学裔。在尊师重道的时代，出身要老师推荐，婚姻要问家学，所以为学贵有师承和有渊源，现在的学者是学无常师，他向古今中外乃至自然界求学问，师傅只站在指导与介绍知识底地位，不能都像古时当做严君严父看。印版书籍流行以后，聚徒讲学容易，在学问上所需指导底不如在人格上所需熏陶底多，所以自程朱以后，修身养性变为从师授徒底主要目标，格物致知退于次要地位。这一点，我觉得是很重要的。从师若不注意怎样做人底问题，纵然学有师承，也只能得到老师底死底知识，不能得到他底活的能力。我希望讲师承底学者们注意到这一层。

至于学问为个人私利主义，竞求温饱底话，我以为现在还是说得太早。在中国，社交学问除外，以真学问得温饱算起来还是极少数，而且这样底学者多数还是与“洋机关”有关系底。我们看高深学术底书籍底稀罕，以及研究风气底偏颇，便可理会竞求温饱底事实还有重新调查底余地。到外国去出卖中国文化底学者，若非社交的学问家便是新闻事业家。他们当然是为温饱而出卖关于中国底学问底。我们不要把外国人士对于中国文化底了解力估量得太高，他们所要底正是一般社交的学问家与新闻事业家所能供给底。一个多与欧美一般的人士接触底人，每理会到他们所要知道底中国文化不过是像缠足底起源，龙到底是什么动物，姨太太怎样娶法，风水怎样看法之类，只要你有话对他们说，他们便信以为真，便以为你是中国学者。许多人到中国来访这位，问那位，归根只是要买几件骨董或几幅旧画。多数人底意向并不在研究中国文化，只在带些中国东西回去可以炫耀于人。在外国批发中国文化底学者，他们底地位是和卖山东蓝绸或汕头抽纱底商人差不多，不过斯文一点而已。

在欧美底学者可以收费讲学，但在中国，不收费底讲学会，来听讲还属寥寥，以学问求温饱简直是不容易谈。这样为学只求得过且过，只要社会承认他是学者，他便拿着这个当敲门砖，管什么人格底结晶与不结晶。这也许是中国学者在社会国家上多不能为国士国师而成为国贼国狗，在学问上多不能成为先觉先知而成为学棍学蠹底一个原因罢。我取底是“衣食足而后知礼义”底看法，所以要说：“得温饱才能讲人格。”中国学术界中许多人正在饥寒线底下挣扎着，要责备他们在人格上有什么好榜样，在学问上有什么新贡献，这要求未免太苛刻了。还有，得温饱并不见得就是食前方丈，广厦万间，只求学者在生活上有保障，研究材料底供给方便与充足就够了。须知极度满足的生活，也不是有识的学者所追求底。

学术除掉民族特有底经史之外是没有国界底。民族文化与思想底渊源，固然要由本国底经史中寻觅，但我们不能保证新学术绝对可以从其中产生出来。新学术要依学术上的问题底有无，与人间底需要底缓急而产生，决不是无端从天外飞来底。一个民族底文化底高低是看那民族能产生多少有用底知识与人物，而不是历史底久远与经典底充斥。牛津大学每年间所收底新刊图书可以排出几十里长，若说典籍底数量，我们现在更不如人家。钱先生假定自道咸而下，向使中国学术思想乃至政治制度社会风俗在与西洋潮流相接触之前先变成一个样子，则中国人可以立定脚跟，而对此新潮，加以辨认与选择，而分别迎拒与蓄泄。这话也有讨论底必要。我上头讲过现代学问底精神是从治物之学出发底，治物之学也可以说是格物之学，而中国学术一向是被社交学问、社交文艺，最多也不过是做人之学所盘踞，所谓“朴学”不过为少数人所攻治，且不能保证其必为进身之阶。朴学家除掉典章制度底考据而外，还有多少人知道什么格物之学呢？医学是读不成书底人们所入底行；老农老圃之业为孔门弟子所不屑谈；建筑是梓人匠人的事；兵器自来是各人找与自己合式底去用；蚕桑纺织是妇人底本务；这衣、食、住、行、卫五种民族必要的知识，中国学者一向就没曾感觉到应当括入学术底范围，操知识与智慧源泉底纯粹科学更谈不到了。治物之学导源于求生活上安适的享受底理想和试要探求宇宙根源底谜。学者在实验室里用心去想，用手去做，才能有所成就。中国学术岂但与人生分成两橛，与时代失却联系，甚至心不应手，因此，多半是纸上谈得好，场上栽筋斗底把戏。不动手做，就不能有新发现，就不能有新学术。假如中国底学术思想乃至政治制度社会风俗会自己变更底话，乾嘉以前有千多年底机会，乾嘉以后也不见得就绝对没有。

日本底维新怎么就能成功，中国底改革怎么就屡次失败呢？化学是从中国道家底炼丹术发展底，怎么在中国本土，会由外丹变成内丹了？对的思想落在不对的实验上，结果是造成神秘的迷信，不能产出利用厚生底学问。医学并不见得不行，可是所谓国医，多半未尝研究过《本草》里所载底药物，只读两三本汤头歌诀之类便挂起牌来。千年来，我们底医学在生理，药物，病理等学问上曾有什么贡献呢？近年来从事提炼中国药物底也是具有科学知识底西医底功劳。在学问的认识上，中国人还是倾向道家的。道家不重知与行，也不信进步，改革自然是谈不到底。我想乾嘉以后，中国学术纵然会变，也不会变到自己能站得住而能分别迎拒与蓄泄西洋学潮底地步，纵然会，也许会把人家底好处扔掉，把人家底坏处留起来。像明末底西洋教士介绍了科学知识和他们宗教制度，试问我们迎底是什么呢？中华文化，可怜得很，真是一泓死水呀！这话十年前我不这样说，五年前我不忍这样说，最近我真不能不这样说了。不过死水还不是绝可悲的，只要水不涸，还可以想方法增加水量，使之澄清，使之溢出。这工夫要靠学术界底治水者底努力才有希望。世间无不死之人，也无不变底文化，只要做出来底事物合乎国民底需要，能解决民生日用底问题底就是那民族底文化了。

要知道中国现在底境遇底真相和寻求解决中国目前的种种问题，归根还是要从中国历史与其社会组织，经济制度底研究入手。不过研究者必要有世界学术底常识，审慎择别，不可抱着“叫花子吃死蟹，只只好”底态度。那么，外国那几套把戏自然也能够辨认与选择，不致于随波逐流，终被狂涛怒浪所吞咽。中国学术不进步底原因，文字底障碍也是其中最大底一个。我提出这一点，许多国学大师必定要伸舌头底。但真理自是真理，稍微用冷静的头脑去思维一下便可以看出中国文字问题底严重。我们到现在用底还不是拼音文字，难学难记难速写，想用它来表达思想，非用上几十年底工夫不可。读三五年书，简直等于没读过。许多大学毕业生自从出来做事之后便不去摸书本。他们尚且如此，程度低些底更可知。繁难的文字束缚了思想，限制了读书人，所以中国文化最大底毒害便是自己的文字。

一翻古籍便理会几十万言底书已很少见，百万千万言底书更属稀罕了。到现在，不说入学之门底百科全书没有，连一部比较完备的字典都没有。国人不理会这是文化低落底病根，反而自诩为简洁。不知道简洁文字只能表现简单思想，像用来作诗词，写游记是很够底。从前学问底范围有限，用简洁的文体，把许多不应当省掉底字眼省略掉还不觉得意义很晦涩，读者可用自己底理会力来补足文中底意思。现代的科学记载把一个字错放了地位都不成，简省更不用说了。我们底命不加长，而所要知要学的东西太多，如果写作不从时间上节省是不成的。我们自己的文化担负已是够重的了，现在还要担负上欧美的文化，这就是钱先生所谓“两水斗啮”底现象，其实是中国人挣扎于两重文化底压迫底下底现象。欧美的文化，我们不能不担负，欧美人却不必要担负我们底文化，人家可以不学汉文而得所需底知识，我们不学外国文成么？这显然是我们底文化落后所给底刑罚，目前是没法摆脱底。要文化底水平线提高，非得采用易于学习底拼音文字不可。千字课或基本汉字不能解决这个严重问题，因为在学术上与思想表现上是需要创造新字底，如果到了思想繁杂底阶段，几千字终会不够用，结果还是要孳乳出很多很多的方块字。现在有人用“圕”表示“图书馆”，用“簙”表示“博物院”，一个字读成三个音，若是这类字多起来，中国六书底系统更要出乱子。拼音字底好处在以音达意，不是以形表意，有什么话就写出什么话，直截了当，不用计较某字该省，某句应缩，意思明白，头脑就可以训练得更缜密。虽然拼音文字中如英文法文等还不能算是真正拼音底，但我们须以拼音法则为归依，不是欧美文字为归依。表达思想底工具不好，自然不能很快地使国民底知识提高。人家做十年，我们非得加上五六倍底时间不可。日本维新底成功，好在他们有“假名”，教育普及得快，使他们底文化能追踪欧美。我们一向不理会这一点，因为我们对于汉字有很深切的敬爱，几十年来底拼音字母运动每被学者们所藐视与反对。许多人只看文字是用来做诗写文底，能摇头摆脚哼出百几十字便自以为满足了。改良文字对于这种人固然没有多大的益处，但为学术底进步着想，我们不能那么浪费时间来用难写难记底文字。古人惜寸阴分阴，现代的中国人更应当爱惜丝毫光阴。因为用高速度来成就事物是现代民族生存底必要条件。

德国这次向东方进兵，事实上是以血换油。油是使速度增进底重要材料。不但在战争上，即如在其他事业上，如果着手或成功稍微慢了些，便等于失败。所以人家以一切来换时间，我们现在还想以时间来换一切，这种守株待兔底精神是要不得底。国民智力底低下，中国文字要负很重的责任。智力底高低就是发见问题与解决问题底能力底速度底高低。我以为汉字不改革，则一切都是没有希望底。用文字记载思想本来和用针来缝布成衣服差不多，从前的针一端是针口，另一端是穿线底针鼻。缝纫底人一针一针地做，不觉得不方便。但是缝衣机发明了，许多不需要的劳动不但可以节省而且能很快地缝了许多衣服。缝衣机底成功只在将针鼻移到与针口同在一端上。拼音文字运动也是试要把音与义打成一片。不过要移动一下这“文字底针鼻”，虽然只是分寸底距离，若用底人不了悟，纵然经过千百年也不能成功。旧工具不适于创造新学术，就像旧式的针不能做更快更整齐底衣服一样。有使中国文化被西方民族吸收愿望底先当注意汉字底改革，然后去求学术上底新贡献，光靠残缺的骨董此后是卖不出去底。

中国目前底问题，不怕新学术呼不出，也不怕没人去做专门名家之业，所怕底是知识不普及。一般人底常识不足，凡有新来底吃底用底享受底，不管青红皂白，胡乱地赶时髦。读书人变成士大夫，把一般群众放在脑后，不但不肯帮助他们，反而压迫他们。从农村出来底读书人不肯回到农村去，弄到每个村都现出经济与精神破产底现象。在都市底人们，尤其是懂得吹洋号筒底官人贵女们，整个生活都沉在花天酒地里，批评家说他们是在“象牙之塔”里过日子。其实中国哪里来的“象牙之塔”？我所见底都是一幢幢底“牛骨之楼”罢了。我们希望于学术界底是在各部门里加紧努力，要做优等人而不厌恶劣等的温饱，切莫做劣等人而去享受优等的温饱。那么，平世之学与乱世之学就不必加以分别了。现在国内底大学教授，他们底薪俸还不如运输工人所得底多，我们当然不忍说他们是藏身一曲，做着与私人温饱相宜底名山事业。不用说生存上，即如生活上必需底温饱，是谁都有权利要求底。读书人将来会归入劳动阶级，成为“智力劳动者”，要恢复到“四民”之首底领导地位，除非现在正在膨胀着底资产制度被铲除，恐怕是不容易了。

［附言］六月二十四日某先生在《华字日报》写了一篇质问我底文章，题目是《国粹与国渣》，文中有些问题发得很幼稚，值不得一答。唯有问什么是“国粹”一点，使我在学问的良心上不能不回答一下。我因此又联想到六月八日钱穆先生在《大公报》发表底星期

论文《新时代与新学术》，觉得其中几点也有提出来共同讨论底必要，所以写成这一篇，希望底是能抛碎砖引出宝玉来。文中大意是曾于六月二十八日对岭英中学高中毕业生讲过底。

原载 1941 年 7 月香港《大公报》，选自《国粹与国学》，上海商务印书馆 1947 年初版。

中国美术家底责任

美术家对于实际生活是最不负责任底。我在此地要讲美术家底责任，岂不是与将孔雀来拉汽车同一样的滑稽！但我要指出底“责任”，并非在美术家底生活以外，乃是在他们底生活以内底事情。

一个木匠，在工作之先，必须明白怎样使用他底工具，怎样搜集他底材料和所要制造底东西底意义，然后可以下手。美术家也是如此，他底制作必当含有方法，材料，目的，三样要素。艺术底目的每为美学家争执之点，但所争执底每每离乎事实而入于玄想。有许多人以为美的理想底表现便是艺术底目的，这话很可以说得过去，但所谓美的理想是因空间和时间底不同而变异底。空间不同，故“艺术无国界”底话不能尽确。时间不同，故美的观念不能固定。总而言之，即凡艺术多少总含着地方色彩和时代色彩，虽然艺术家未尝特地注意这两样而于不知不觉中大大影响到他底作品上头，是一种不可抹杀的事实。

我国艺术从广义说，向分为“技艺”与“手艺”二种。前者为医，卜，星，相，堪舆，绘画；后者为栽种，雕刻，泥作，木作，银匠，金工，铜匠，漆匠乃至皮匠石匠等等手工都是。这自然是最不科学的分法，可是所谓“手艺”，都可视为“应用艺术”，而技艺中底绘画即是纯粹艺术。

中国的纯粹艺术有绘画写字，和些少印文的镌刻。故“美术”这两个字未从日本介绍进来之前，我们名美术为金石书画。但纯粹艺术是包含歌舞等事底。故我们当以美术为广义的艺术，而艺术指绘画等而言。

我国艺术，近年来虽呈发达底景象，但从艺术底气魄一方面讲起来，依我底知识所及，不但不如唐五代底伟大，即宋元之靡丽亦有所不如。所谓“艺术底气魄”，就是指作品感人底能力和艺术家底表现力。这原故是因为今日的艺术家只用力于方法上头，而忽略了他们所在的空间和时间。这个毛病还可以说不要紧，更甚的是他们忘记我们祖宗教给他们底“笔法”。一国的艺术精神都常寓在笔法上头，艺术家都把它忽略了，故我们今日没有伟大的作品是不足怪底。

世间没有一幅画是无意义，是未曾寄写作者底思想底。留学于外国底艺术家运笔方法尽可以完全受别人的影响，但运思方法每不能自由采用外国的理想。何以故？因为各国人，都有各自的特别心识，各自的生活理想，各自的生活问题。艺术家运用他底思想时，断不能脱掉这三样底限制。这三样也就是形成“国性”和“国民性”底要点。今日的艺术思想好像渐趋一致，其原故有二：一因东西底交通频繁，在运笔底方法上，西洋画家受了东洋画家底教训不少；二因近数十年来，世界里没有一国真实享了康乐的幸福，人民底生活都呈恐慌和不安的状态，故无论那一国底作品，不是带着悲哀狂丧底色调，便是含着祈求超绝能力底愿望。可是从艺术家底内部生活看起来，他们所表现底“国性”或“国民性”仍然存在。如英国画家，仍以自然美底描写见长，盎格卢撒克逊人本是自然底崇拜者，故他们底画派是自然的写实的，“诚实的表现”便是他们底笔法，故英国画仍是很率直，不喜欢为抽象的或戏剧的描写。拉丁民族，比较地说，是情绪的。法国画在过去这半世纪中，人都以她底印象派为新艺术底冠冕，现在的人虽以它为陈腐，为艺术史上底陈迹，但从它流行下来底许多派别多少还含着祖风。印象派诚然是拉丁新艺术底冠冕，故其所流行下来底诸派不外是要尽地将个人底情绪注入自然现象里头。反对自然主义是现代法国画派底特彩。因为拉丁的民族性使他们不以描写自然为尚，各人只依自己所了解底境地描写，即所谓自由主义和自表主义是。此外如条顿民族底注重象征主义，虽以近日德国画家致力于近代主义，而其象征的表现仍不能免。这都是因为各国底生活问题和理想不同所致。

艺术理想底传播比应用艺术难。我们容易乐用西洋各种的美术工艺品，而对于它底音乐跳舞和绘画底意义还不能说真会鉴赏。要鉴赏外国的音乐比外国的绘画难，因为音乐和语言一样，听不懂就没法子了解。绘画比较地容易领略，因为它是记在纸上或布上底拂扐姿势，用拂扐来表示情意是人类所共有，而且很一致，如“是”则点头，“否”则摇头，“去”则撒手，“来”则招手，等等，都是人人所能理会底。近代艺术正处在意见冲突底时代，因为东亚底艺术理想输入西欧，西欧底艺术方法输入东亚，两方完全不同的特点，彼此都看出来了。近日西洋画家受日本画底影响很大，但他们并不是像十几年前我们底画家所标题底“折衷画派”。这一点是我们应当注意底，他们对于东洋画底研究，在原则方面比较好奇心更大，故他们底作品在结构上或理想上虽间或采用东洋方法，而其表现仍带着很重底地方色彩和国性。

我国绘画底特质就是看画是诗的，是寄兴的。在画家底理想中每含着佛教和道家底宗教思想，和儒家底人生观。因为纯粹的印度思想不能尽与儒家融合，故中国的佛教艺术每以印度底神秘主义为里而以儒家底实际底人生主义为表。这一点，我们可以拿王摩诘、吴道子和李龙眠底作品出来审度一下，就可以看出来。“诗”是什么呢？就是实际生活与神秘感觉底融合底表现。这融合表现于语言上时，即是诗歌词赋；表现于声音上，即为音乐；表现在动作上，即为舞蹈戏剧；表现于色和线上，即是绘画。所以我们叫绘画为“无声诗”，我们古代的画家感受印度思想，在作品底表面上似乎脱不了神秘的色彩，而其思想所寄，总超乎现实之外。故中国画之理想，可以简单地说，即是表现自然世界与理想生活底混合。在山水画中，这样的事实最为显然。画家虽然用了某座名山，某条瀑布为材料，而在画片上尽可以有一峰一石从天外飞来。在画中底人间生活也是很理想的，看他底取材多属停车看枫，骑驴寻故，披蓑独钓，倚琴对酌，等等不慌不忙的生活。画家以此抒其情怀，以此写其感乐，故虽稍微入乎理想，仍不失为实际生活底表现。我国底绘画理想既属寄兴，故画家多是诗人，画片上可以题诗；故画与诗只有有声和无声底差别。我想这一点就是我们底理想中，“画工”和“画家”不同底地方。我希望今日的画家负责任去保存这一个特点。

今日的画家竞尚西洋画风，几乎完全抛弃我们固有的技能，是一种很可伤心的事。我不但不反对西洋画，并且要鼓励人了解西洋画底理想，因为这可以做我们底金镫。我国绘画底弊端，是偏重“法则”，或“家法”方面，专以仿拟摹临为尚，而忽略了个性表现，结果是使艺术落于传统底圈套，不能有所长进。我想只有西洋的艺术思想可以纠正这个方家或法家思想底毛病。不过囫囵的模仿西洋与完全固守家法各都走到极端，那是不成底。我们当复兴中国固有的画风，汉画与西洋画都是方法上底问题，只要作品，不论是用油用水，人家一见便认出是中国人写底那就可以了。

我觉得我国自古以来便缺乏历史画家。我在十几年前，三兄敦谷要到日本底时候便劝他致力于此。但后来我们感觉得有一个绝大的原因，使我们缺乏这等重要的画家，就是我们并没注意保存历史的名迹及古代的遗物。间或有之，前者不过为供“骚人”“游客”之流连，间或毁去重建，改其旧观，自北京底天宁寺，而武昌底黄鹤楼，而广州底双门，等等，改观底改观，毁拆底毁拆，伤心事还有比这个更甚底么？至于古代彝器底搜集，多落于豪贵之户，未尝轻易示人，且所藏底范围也极狭隘，吉金，乐石，戈镞，帛布以外，罕有及于人生日用底品物，纵然有些也是真赝杂厕，难以辨识。于此，我们要知道考古学与历史画底关系非常密切，考古学识不足，即不能产生历史画家。不注意于保存古物古迹，甚至连美术家也不能制作。我曾说我们以画为无声诗，所以增加诗的情感，惟过去的陈迹为最有力。这点又是我们所当注意底。我们今日没有伟大的作品，是因为画家底情感受损底原故。试看雷峰一倒，此后画西湖底人底感情如何便知道了。他们绝不以描写哈同底别庄为有兴趣，故知古代建筑底保存和修筑是今日的美术家应负提倡及指导底责任，美术家当与考古家合作，然后对于历史事物底观念正确，然后可以免掉画汉朝人物着宋朝衣冠底谬误。于此我要声明我并非提供过去主义（经典派或古典派），因为那与未来主义同犯了超乎朝代一般的鉴赏能力之外。未来主义者以过去种种为不善不美，不属理想，然而，若没有过去，所谓美善底情绪及情操亦无从发展。人间生活是连续的。所谓过去已去，现在不住，未来未到，便是指明这连续的生活一向进前，无时休息底。因无休息，故所谓“现在”不能离过去与未来而独存。我们底生活依附在这傍不住的时间底铁环上，也只能记住过去底历程和观望未来底途径。艺术家底唯一能事便在驾御这时间底铁环使它能循那连续的轨道进前，故他底作品当融含历史的事实与玄妙的想象。由前之过去印象与后之未来感想，而造成他现在的作品。前者所以寄情，后者所以寓感，一个艺术家应当寄情于过去底事实，和寓感于未来底想象，于此，有人家要说，艺术是不愿利害，艺术家只为艺术而制作，不必求其用处。但“为艺术而为艺术”的话，直与商人说，“我为经商而经商”，官吏说“我为做官而做官”同一样无意义，艺术家如不能使人间世与自然界融合，则他底作品必非艺术品。但他所寄寓的不但要在时间底铁环，并且顾及生活的轨道上头。艺术家底技能在他能以一笔一色指出人生底谬误或价值之所在，艺术虽不能使人抉择其行为底路向，但它能使人理会其行为底当与不当却很显然。这样看来，历史画自比静物画伟大得多。

末了，我很希望一般艺术家能于我们固有的各种技艺努力。我国自古号为衣冠文物之邦，而今我们底衣冠文物如何？讲起来伤心得很，新娘子非西式的白头纱不蒙，大老爷非法定的大礼帽不戴；小姐非钢琴不弹唱，非互搂不舞蹈，学生非英法菜不吃，非“文明杖”不扶！所谓自己的衣冠文物荡然无存。艺术家又应当注意到美术工艺底发展。我们底戏剧、音乐、建筑、衣服等等并不是完全坏，完全不美，完全不适用，只因一般工匠与艺术家隔绝了，他们底美感缺乏，才会走到今日底地步。故乐器底改造、衣服底更拟，等等关于日常生活底事物，我们当有相当的贡献，总而言之，国献运动是今日中国艺术家应当励行底，要记得没有本国底事物，就不能表现国性；没有美的事物，美感亦无从表现。大家努力罢。

原载 1927 年 1 月 8 日《晨报副刊》。

序《野鸽的话》

写文底时候，每觉得笔尖有鬼。有时胸中有千头万绪，写了好几天，还是写不出半个字来。有时脑里没一星半点意思，拿起笔来，却像乩在沙盘上乱画，千言万语，如瀑如潮，顷刻涌泻出来。有时明知写出来不合时宜，会挨讥受骂，笔还是不停地摇。有时明知写出来人会欢迎，手却颤动得厉害，一连在纸上杵成无数污点。总而言之，写文章多是不由自主，每超出爱写便写之上，真正的作家都是受那不得不写底鬼物所驱使。

我又觉得写文底目的若果专在希冀读者底鉴赏或叫绝底话，这种作品是绝对地受时间空间和思想所限制底。好作品不是商品，不必广告，也不必因为人欢迎便多用机器来制造。若不然，这样的作品一定也和机器货化学货一样，千篇一律。做好文章底作家底胸中除掉他自己底作品以外，别的都不存在，只有作品本身是重要的。读者不喜欢不要紧；挨讥刺也不要紧；挨骂更不要紧；卖不出去尤其不要紧。作者能依个人的理解与兴趣在作品上把精神集中于生活底一两个问题上也就够了。

现在中国文坛上发生了许多争论。其中最要的一点是所谓文学底“积极性”。我不懂这名词底真铨 在什么地方。如果像朋友们告诉我说，作者无论写什么，都要旗帜鲜明。在今日的中国尤其是要描写被压迫底民众底痛苦，和他们因反抗而得最后的胜利。这样，写小说必得“就范”。一篇一篇写出来，都得像潘金莲做给武大卖底炊饼，两文一个，大小分量都是一样，甚至连饼上底芝麻都不许多出一粒！所谓积极性，归到根柢，左不过是资本家压迫劳工，劳工抵抗，劳工得最后的胜利；或是地主欺负农民，农民暴动，放火烧了地主全家，因得分了所有的土地。若依定这样公式做出来，保管你看过三两篇以后，对于含有积极性底作品，篇篇都可以背得下来，甚至看头一句便知道末一句是什么。文章底趣味，到这步田地可算是完了。我并非反对人写这种文章。我承认它有它底效用。不过，若把文学底领域都归纳在这范畴里，我便以为有点说不下去。若是文坛的舆论以为非此不可底话，我便祈愿将那些所谓无积极性底作品都踢出文学以外，给它们什么坏的名目都可以。

人类底被压迫是普遍的现象。最大的压迫恐怕还是自然的势力，用佛教底话，是“生老病死”。农工受压迫的是事实，难道非农非工便都是吃人底母夜叉母大虫；难道压迫农工底财主地主没有从农工出身底；难道农工都是无用者？还有许多问题都是不能用公式来断定底。我不信凡最后的胜利都值得羡慕。我不信凡事都可以用争斗或反抗来解决。我不信人类在自然界里会有得到最后胜利底那一天。地会老，天会荒，人类也会碎成星云尘，随着太空里某个中心吸力无意识地绕转。所以我看见底处处都是悲剧；我所感底事事都是痛苦。可是我不呻吟，因为这是必然的现象。换一句话说，这就是命运。作者底功能，我想，便是启发读者这种悲感和苦感，使他们有所慰藉，有所趋避。如果所谓最后胜利是避不是克，是顺不是服，那么我也可以承认有这回事。所谓避与顺并不是消极的服从与躲避，乃是在不可抵当的命运中求适应，像不能飞底蜘蛛为创造自己的生活，只能打打网一样。天赋的能力是这么有限，人能做什么？打开裤裆捉捉虱子，个个都能办到；像阿特拉斯要扛着大地满处跑底事只能在虚空中出现罢。无论如何，愚公可以移山夸父不能追日，聪明人能做得到底，愚拙人也可以做得到。然而我只希望不要循环地做，要向上地做。我受了压迫，并不希望报复，再去压迫从前的压迫者。我只希望造成一个无压迫的环境，一切都均等地生活着。如果用这个来做文心，我便以为才是含有真正的积极性。

又，像我世代住在城市，耳目所染，都是城市生活和城市人底痛苦。我对于村庄生活和农民不能描写得很真切，因为我不很知道他们。我想，一个作者如果是真诚底话，一定不会放着他所熟悉底不写，反去写他所不知底。生活底多方面，也不能专举一两种人来描写，若说要做一个时髦的作家必得描写农工，那么我宁愿将我底作品放在路边有应公底龛里，让那班无主孤魂去读。

颖柔先生底文学生涯已过了十几年。虽然因他不常写，写也不为卖钱底原故，有一两篇在结构上似乎有点生涩或不投时尚，但他底文学率真，有趣，足能使人一读便不肯放手。从前的人们拿小说当安眠药，拿起书来，望床上一躺，不管看底是什么，是那一回，糊乱地读一阵，到打个呵欠，眼睛渐闭，书掉在地上，就算得着其中意味了。颖柔底作品却是兴奋剂。他描写底不出他底经验和环境，内容也不含有积极性，只为描写而描写，可是教人越读越精神。他每篇都寓着他个人的人生观，最可注意底是他不以一般已成的道德和信仰为全对。他觉得这当中有时甚至是虚伪，可憎，和危险。现在他把从前所写底小说和散文等集成一小册，名为野鸽的话。因为是老同学，对于他底文章又有同调底感触，所以不妨借题发挥，胡说一气。我想我这样解释颖柔底作品，他一定不会见怪。

原载 1935 年 4 月 10 日《新文学》第 1 卷第 1 期。

论“反新式风花雪月”

“新式风花雪月”是我最近听见底新名词。依杨刚先生底见解是说：在“我”字统率下所写底抒情散文，充满了怀乡病底叹息和悲哀，文章底内容不外是故乡底种种，与爸爸、妈妈、爱人、姐姐等，最后是把情绪寄在行云流水和清风明月上头。杨先生要反对这类新型的作品，以为这些都是太空洞，太不着边际，充其量只是风花雪月式的自我娱乐，所以统名之为“新式风花雪月”。这名词如何讲法可由杨先生自己去说，此地不妨拿文艺里底怀乡，个人抒情，堆砌词藻，无病呻吟等，来讨论一下。

我先要承认我不是文学家，也不是批评家，只把自己率直底见解来说几句外行话，说得不对，还求大家指教。

我以为文艺是讲情感而不是讲办法底。讲办法底是科学，是技术。所以整匹文艺底锦只是从一丝一丝底叹息，怀念，呐喊，愤恨，讥讽等等，组织出来。经验不丰的作者要告诉人他自己底感情与见解，当然要从自己讲起，从故乡出发。故乡也不是一个人底故乡，假如作者真正爱它，他必会不由自主地把它描写出来。作者如能激动读者，使他们想方法怎样去保存那对于故乡底爱，那就算尽了他底任务。杨先生怕底是作者害了乡思病，这固然是应有底远虑。但我要请她放心，因为乡思病也和相思病一样地不容易发作。一说起爱情就害起相思病底男女，那一定是疯人院里底住客。同样地，一说起故乡，什么都是好的，什么都是可恋可爱的，恐怕世间也少有这样的人。他也会不喜欢那只扒满蝇蚋底癞狗，或是隔邻二婶子爱说人闲话底那张嘴，或是住在别处底地主派来收利息底管家罢。在故乡里，他所喜欢底人物有时也会述说尽底。到了说净尽底时候，如果他还要从事于文艺底时候，就不能不去找新的描写对象，他也许会永远不再提起“故乡”，不再提起妈妈姊姊了。不会作文章和没有人生经验底人，他们底世界自然只是自己家里底一厅一室那么狭窄，能够描写故乡底柳丝蝉儿和飞灾横祸底，他们底眼光已是看见了一个稍微大一点的世界了。看来，问题还是在怎样了解故乡底柳丝、蝉儿等等，不一定是值得费工夫去描写，爸爸，妈妈，爱人，姊姊底遭遇也不一定是比别人底遭遇更可叹息，更可悲伤。无病的呻吟固然不对，有病的呻吟也是一样地不应当。永不呻吟底才是最有勇气底。但这不是指着那些麻木没有痛苦感觉底喘气傀儡，因为在他们底头脑里找不出一颗活动的细胞，他们也不会咬着牙龈为弥补境遇上的缺陷而戮力地向前工作。永不呻吟底当是极能忍耐最擅于视察事态底人。他们底笔尖所吐底绝不会和嚼饭来哺人一样恶心，乃如春蚕所吐底锦绣底原料。若是如此，那做成这种原料底柳丝，蝉儿，爸爸，妈妈等，就应当让作者消化在他们底笔尖上头。

其次，关于感情底真伪问题。我以为一个人对于某事有真经验，他对于那事当然会有真感情。未经过战场生活底人，你如要他写炮火是怎样厉害，死伤是何等痛苦，他凭着想象来写，虽然不能写得过真，也许会写得毕肖。这样描写虽没有真经验，却不能说完全没有真感情。所谓文艺本是用描写底手段来引人去理解他们所未经历过底事物，只要读者对作品起了共鸣作用，作者底感情底真伪是不必深究底。实在地说，在文艺上只能论感情底浓淡，不能论感情底真伪，因为伪感情根本就够不上写文艺。感情发表得不得当也可以说虚伪，所以不必是对于风花雪月，就是对于灵、光、铁、血，也可以变作虚伪的呐喊。人对于人事底感情每不如对于自然底感情浓厚，因为后者是比较固定比较恒久的。当他说爱某人某事时，他未必是真爱，他未必敢用发誓来保证他能爱到底。可是他一说爱月亮，因为这爱是片面的，永远是片面的，对方永不会与他有何等空间上，时间上人事上的冲突，因而他底感情也不容易变化或消失。无情的月对着有情的人，月也会变做有情的了。

所忌底是他并不爱月亮，偏要说月亮是多么可爱，而没能把月亮底所以可爱底理由说出来，使读者可以在最低限度上佩服他。撒底谎不圆，就会令人起不快底感想，随着也觉得作者底感情是虚伪底。读书，工作，体验，思索，只可以培养作者的感情，却不一定使他写成充满真情底文章，这里头还有人格修养底条件。从前的文人每多“无行”，所以写出来底纵然是真，也不能动人。至于叙述某生和狐狸精底这样那样，善读文艺底人读过之后，忘却底云自然会把它遮盖了底。

其三，关于作风问题。作风是作者在文心上所走底路和他底表现方法，文艺底进行顺序是从神坛走到人间底饭桌上底。最原始底文艺是祭司巫祝们写给神看或念给神听；后来是君王所豢养底文士写来给英雄，统治者，或闲人欣赏；最后才是人写给人看。作风每跟着理想中各等级底读者转变方向。青年作家底作品所以会落在“风花雪月”底型范里底缘故，我想是由于他们所用底表现工具——文字与章法——还是给有闲阶级所用底那一套，无怪他们要堆砌词藻，铺排些在常人饭碗里和饭桌上用不着底材料。他们所写底只希望给生活和经验与他们相同底人们看，而那些人所认识底也只是些中看不中用的词藻。“到民间去”，“上前线去”，只要带一张嘴、一双手，就够了，现在还谈不到带文房四宝。所以要改变作风，须先把话说明白了，把话底内容与涵义使人了解才能够达到目的。会说明白话底人自然擅于认识现实，而具有开条新路让人走底可能力量。话说得不明白才会用到堆砌词藻底方法，使人在五里雾中看神仙，越模糊越秘密。这还是士大夫意识底遗留，是应当摒除底。

原载 1940 年 11 月 14 日香港《大公报 · 文艺》第 968 期；选自《杂感集》，上海商务印书馆 1946 年初版。

编后记

对很多人来说，知道许地山是因为中学课文《落花生》。

许地山的笔名就叫落华生，他因为《落花生》这篇散文而被世人记住，这可能就是冥冥之中的一种因缘吧。可是，我不得不说，如果您对许地山作品的阅读和了解仅仅停留在一篇《落花生》上，那实在是不小的遗憾。

许地山在民国文学史上有着不可或缺的地位。他的文学风格非常独特，空灵，清新，饱含悲悯，富于宗教情怀。这些特点不仅使得他的小说和散文辨识度极高，而且也大大丰富了民国文学的精神谱系和审美风貌。

许地山（1894–1941），名赞堃，字地山，笔名落华生。他出生在台湾一个爱国志士的家庭，1917 年考入北京大学，1926 年毕业并留校任教。北大期间，他与瞿秋白、郑振铎等人联合主办《新社会》旬刊，积极宣传革命。他在“五四”前后从事文学活动，后转入英国牛津大学曼斯菲尔学院研究宗教学、印度哲学、梵文等。1935 年应聘为香港大学文学院主任教授，举家迁往香港，在港期间曾兼任香港中英文化协会主席。

许地山的个人经历在他的文学作品中留下了很深的印记，这体现在：其一，他的文学创作多以闽、台、粤和东南亚、印度为背景，有一种别样的情致，甚至是异域风情。可以说，南方、南洋既是许地山的出生之地，也是他的文学王国和精神故乡。一般而言，一位伟大的作家都会用自己的作品构建出一个属于自己的文学世界，许地山也一样。他笔下的南方、南洋，宁静而空灵，像淡墨绘出的烟雨，简约之中蕴涵很深的禅意，云淡风轻的叙述中直击心扉，观照生死大事。许地山是一位优秀的学者，对宗教学、哲学、梵文、文学等均有很深的研究（他专门写过《道教史》《印度文学》等学术专著），宗教文化的熏染也体现在了他的文学创作中。他不仅能在小说中娴熟地引用佛经、圣经，使之衬托主人公的心理、言行，而且整个创作的基调也是“身在红尘，心怀净土”，即他笔下关注的是人间疾苦，最后的指向则是精神上的超脱和解脱。表现在文字上，许地山行文干净，节制，从不过分渲染，也不追求情节的离奇与怪诞，大有宗教上的“清洁精神”和“超拔之气”。

我读过一些佛教和基督教方面的书，对所有正信的宗教都心怀敬畏和敬意。机缘巧合之下，我选编了这本许地山的选集，而他又恰是一位很有宗教情怀的优秀作家。这或许是上苍冥冥之中的一种安排。我感谢这种安排。

编者　郑连根

2016 年 5 月

图书在版编目（CIP）数据

许地山精选集 / 许地山著；王任主编 .—济南：齐鲁书社，2017.2

（民国文学名家精选集）

ISBN 978-7-5333-3744-5

Ⅰ.①许… Ⅱ.①许… ②王… Ⅲ.①中国文学－现代文学－作品综合集 Ⅳ.① I216.2

中国版本图书馆 CIP 数据核字（2017）第 028580 号

许地山精选集

许地山 著　王任 主编　本册编者 郑连根

主管单位	山东出版传媒股份有限公司
出版发行	齐鲁书社
社　　址	济南市英雄山路 189 号
邮　　编	250002
网　　址	www.qlss.com.cn
电子邮箱	qilupress@126.com
营销中心	（0531）82098521　82098519
印　　刷	山东临沂新华印刷物流集团有限责任公司
开　　本	787mm × 1092mm　1/32
印　　张	8.5
插　　页	4
字　　数	143 千
版　　次	2017 年 2 月第 1 版
印　　次	2017 年 2 月第 1 次印刷
印　　数	1–4000
标准书号	ISBN 978－7－5333－3744－5
定　　价	**28.00 元**